선생님과 함께 읽는

벙어리 삼룡이

물음표로 찾아가는 한국단편소설 06

벙어리 삼룡이

선생님과 함께 읽는

전국국어교사모임 지음 ― 조원희 그림

Humanist

'물음표로 찾아가는 한국단편소설' 시리즈를 펴내며

문학 교육은 아이들이 꿈을 꾸게 하기 위해 필요합니다. 그러나 요즘의 문학 교육은 참고서와 문제집을 통해서만 이루어지고 있습니다. 그래서 문학 수업은 엉뚱한 상상도 발랄한 질문도 없는 밍밍하고 지루한 시간이 되어 버렸습니다. 상상의 여지가 사라지고 질문이 없는 수업은 아이들을 질리게 하고 문학을 말라 죽게 합니다. 그렇다면 어떻게 해야 문학 교육을 살릴 수 있을까요?

무엇보다 학생들이 스스로 생각을 열어 질문을 만들 수 있게 해야 합니다. 매우 상식적인 일이지만, 우리 교육 환경에서는 잘 이루어지기가 어렵습니다. 그래서 전국국어교사모임은 학생들이 스스로 생각을 열고 엉뚱한 상상과 발랄한 질문을 할 수 있는 마중물을 붓기로 했습니다. 이는 말라 버린 문학뿐 아니라 아이들의 메마른 마음에도 물을 붓는 일이 될 것입니다.

교과서에 실린 의미 있는 작품을 골랐습니다　중·고등학교 국어 교과서나 문학 교과서에 실린 단편소설 가운데 오랫동안 많은 사람들에게 널리 읽힌 작품을 골랐습니다. 교과서에 실렸다는 것은 중·고등학생들에게 유용한 작품이라는 것이고, 오래 널리 읽혔다는 것은 재미나 감동, 그리고 생각거리 면에서 어느 하나는 사람들의 마음에 들었음을 뜻하기 때문입니다.

전국의 학생들에게 물었습니다　전국에 있는 수많은 학생에게 소설을 읽혀 보고, 그들이 궁금해 하는 것을 모았습니다. 그러고 나서 의미 있는 질문거리들을 일정한 방식으로 배열했습니다.

현직 국어 선생님들이 물음에 답했습니다　전국의 국어 선생님 100여 분이 다양한 책과 논문을 살펴본 다음 질문에 대한 답을 했습니다. 이런 과정을 통해 보다 보편적인 작품의 의미에 접근하고자 했습니다.

교육 과정과의 연관성을 고려했습니다　수업 현장에서 또는 학생 스스로 이용할 수 있도록 했습니다. '깊게 읽기'에서는 인물, 사건, 배경, 주제 등 작품과 직접 관련되는 내용을 다루었으며, '넓게 읽기'에서는 작가, 시대상, 독자 이야기 등을 살펴볼 수 있도록 했습니다.

'물음표로 찾아가는 한국단편소설' 시리즈는 다양하고 깊이 있는 생각을 이끌어 낼 수 있는 소설 감상의 안내서 구실을 할 것입니다. 또한 작품에 대한 해석과 이해의 차원을 넘어서 문화적·사회적·역사적 정보를 폭넓고 다양하게 제시함으로써 문학 감상 능력을 향상시켜 줄 뿐만 아니라, 문학과 가까워질 수 있는 기회를 제공해 줄 것입니다.

전국국어교사모임

머리말

'삼룡이'라는 이름을 들어 보셨나요? 소설 〈벙어리 삼룡이〉에 나오는 주인공이에요. 삼룡이는 말을 못하고, 모습도 흉측해요. 그래서 사람 취급을 못 받지요. 그런데 그는 우리에게 참 많은 이야기를 들려줍니다. 이 소설이 1925년에 발표되었으니, 말 못하는 벙어리 삼룡이가 90년 가까이 우리에게 자신의 말을 전하고 있는 것이군요.

이 책에는 삼룡이가 어떤 사람인지, 작가는 왜 삼룡이를 벙어리로 그렸는지, 그래서 무엇을 이야기하고 싶은지, 그리고 삼룡이를 둘러싼 사람들이 삼룡이를 어떻게 대하는지, 오 생원이 삼룡이에게 잘해 주는 까닭은 무엇인지, 주인 아들은 왜 그렇게 삼룡이를 막 대하는지, 아씨는 삼룡이를 어떻게 생각하는지 등과 같은 궁금증과 이에 대한 답이 들어 있어요. 이 책을 다 읽고 나면, 삼룡이가 우리에게 하고 싶었던 말이 무엇이었는지를 알 수 있을 거예요.

소설은 우리가 어떻게 읽느냐에 따라 그 깊이가 달라져요. 생각을 하며 읽느냐 그렇지 않느냐에 따라 받아들이는 내용이 많이 달라진다는 말이지요. 우리가 의문을 갖고 삼룡이를 만나면 삼룡이가 들려주는 이야기를 들을 수 있을 겁니다. 애정을 가지고 삼룡이를 만나면 아씨를 향한 삼룡이의 마음도 알게 될 겁니다. 조금씩 조금씩 생각을 넓혀 가다 보면 아씨와 삼룡이가 어떤 면에서는 같은 모습을 지닌 사람이라는 것도 알게 될 겁니다.

그러다 보면 이 소설과 비슷한 느낌을 주는 빅토르 위고의 《노트르담의 꼽추》를 읽게 될지도 모릅니다. 《노트르담의 꼽추》에 나오는 주인공인 '콰지모도'와 '삼룡이'를 비교하는 재미를 느낄 수도 있을 겁니다. 그런가 하면 '에스메랄다'와 '아씨'가 비슷하다는 생각을 하며 아씨의 이름을 여러분이 지어 부를 수도 있을 겁니다.

소설이 작가의 상상력으로 만들어지듯이, 감상 또한 독자의 상상력으로 이루어집니다. 이 책은 여러분이 〈벙어리 삼룡이〉를 감상할 때 여러분의 상상에 날개를 달아 줄 것입니다. 많은 질문들의 답을 찾기보다는 여러분의 상상력을 자극하는 이야기를 하고 있습니다.

〈벙어리 삼룡이〉를 읽으면서 상상의 날개를 펼쳐 보세요. 여러분만의 삼룡이를 만나게 될 겁니다.

문상봉, 설지형, 이정관, 정수정, 한수미, 형은수

차례

넓게 읽기 작품 밖 세상 들여다보기

벙어리 삼룡이

나도향

내가 열 살이 될락 말락 한 때이니까 지금으로부터 십사오 년 전 일이다.

지금은 그곳을 청엽정이라 부르지마는 그때는 연화봉이라고 이름 하였다. 즉, 남대문에서 바로 내려다보면은 오정포가 놓여 있는 산 등성이가 있으니 그 산등성이 이쪽이 연화봉이요, 그 사이에 있는 동리가 역시 연화봉이다.

지금은 그곳에 빈민굴이라고 할 수밖에 없이 지저분한 촌락이 생기고, 노동자들밖에 살지 않는 곳이 되어 버리었으나, 그때에는 자기네 딴은 행세한다는 사람들이 있었다.

집이라고는 십여 호밖에 있지 않았고, 그곳에 사는 사람들은 대개 과목밭을 하고 또는 채소를 심거나 그렇지 아니하면 콩나물을 길러서 생활을 하여 갔었다.

여기에 그중 큰 과목밭을 갖고 그중 여유 있는 생활을 하여 가는 사람이 하나 있었는데, 그의 이름은 잊어버렸으나 동리 사람들이 부르기를 오 생원이라고 불렀다.

얼굴이 동탕하고 목소리가 마치 여름에 버드나무에 앉아서 길게 목 늘여 우는 매아미 소리같이 저르렁저르렁하였다.

그는 몹시 부지런한 중년 늙은이로 아침이면 새벽 일찍이 일어나서 앞뒤로 뒷짐을 지고 돌아다니며 집안일을 보살피는데, 그 동리에는 그가 마치 시계와 같아서 그가 일어나는 때가 동리 사람이 일어나는 때였다. 만일 그가 아침에 돌아다니며 잔소리를 하지 않으면 동리 사람들이 이상하여 그의 집으로 가 보면 그는 반드시 몸이 불편하여 누웠었다. 그러나 그와 같은 때는 일 년 삼백육십 일에 한 번 있기가 어려운 일이요, 이태나 삼 년에 한 번 있거나 말거나 하였다.

그가 이곳으로 이사를 온 지는 얼마 되지 아니하나 그가 언제든지 감투를 쓰고 다니므로 동리 사람들은 양반이라고 불렀고, 또 그 사람도 동리 사람들에게 그리 인심을 잃지 않으려고 섣달이면 북어쾌, 김 톳씩 동리 사람에게 나눠 주며 농사에 쓰는 연장도 넉넉히 장만한 후 아무 때나 동리 사람들이 쓰게 하므로 그 동리에서는 가장 인심 후하고 존경을 받는 집인 동시에 세력 있는 집이다.

그 집에는 삼룡(三龍)이라는 벙어리 하인 하나가 있으니, 키가 본시 크지 못하여 땅딸보로 되었고, 고개가 빼지 못하여 몸뚱이에 대강이를 갖다가 붙인 것 같다. 거기다가 얼굴이 몹시 얽고 입이 몹시 크다. 머리는 전에 새꼬랑지 같은 것을 주인의 명령으로 깎기는 깎았으나 불밤송이 모양으로 언제든지 푸 하고 일어섰다. 그래서 걸어다니는 것을 보면 마치 옴두꺼비가 서서 다니는 것같이 숨차 보이

고 더디어 보인다. 동리 사람들이 부르기를 삼룡이라고 부르는 법이
없고 언제든지 '벙어리', '벙어리'라고 하든지 그렇지 않으면 '앵모',
'앵모' 한다. 그렇지만 삼룡이는 그 소리를 알지 못한다.

　그도 이 집 주인이 이리로 이사를 올 때에 데리고 왔으니, 진실하
고 충성스러우며 부지런하고 세차다. 눈치로만 지내 가는 벙어리지

마는 말하고 듣는 사람보다 슬기로울 적이 있고, 평생 조심성이 있어서 결코 실수할 적이 없다.

아침에 일어나면 마당을 쓸고, 소와 도야지의 여물을 먹이며, 여름이면 밭에 풀을 뽑고 나무를 실어 들이고 장작을 패며, 겨울이면 눈을 쓸고 장 심부름이며 진일 마른일 할 것 없이 못하는 일이 없다.

그럴수록 이 집 주인은 벙어리를 위해 주며 사랑한다. 혹시 몸이 불편한 기색이 있으면 쉬게 해 주고, 먹고 싶어 하는 듯한 것은 먹이고, 입을 때 입히고, 잘 때 재운다.

그런데 이 집에는 삼대독자로 내려오는 그 집 아들이 있다. 나이는 열일곱 살이나 아직 열네 살도 되어 보이지 않고, 너무 귀엽게 기르기 때문에 누구에게든지 버릇이 없고 어리광을 부리며 사람에게나 짐승에게 잔인 포악한 짓을 많이 한다.

동리 사람들은 그를 "호래자식!", "애비 속상하게 할 자식!", "저런 자식은 없는 것만 못해." 하고 욕들을 한다. 그래서 그의 어머니는 아들이 잘못할 때마다 그의 영감을 보고,

"그 자식을 좀 때려 주구려. 왜 그런 것을 보고 가만두?"

하고 자기가 대신 때려 주려고 나서면,

"아뇨. 아직 철이 없어 그러지. 저도 지각이 나면 그러지 않을 것이 아뇨."

하고 너그럽게 타이른다. 그러면 마누라는 왜가리처럼 소리를 지르며,

"철이 없기는. 지금 나이가 몇이오. 낼모레면 스무 살이 되는데.

또 며칠 아니면 장가를 들어서 자식까지 낳을 것이 그래 가지고 무엇을 한단 말이오."

하고 들이대며,

"자식은 꼭 아버지가 버려 놓았습니다. 자식 귀여운 것만 알았지 버릇 가르칠 줄은 모르니까……."

이렇게 싸움이 시작만 하려 하면 영감은 아무 말도 하지 않고 바깥으로 나가 버린다.

그 아들은 더구나 이 벙어리를 사람으로 알지도 않는다. 말 못하는 벙어리라고 오고 가며 주먹으로 허구리를 지르기도 하고 발길로 엉덩이도 찬다.

그러면 그 벙어리는 어린것이 철없어 그러는 것이 도리어 귀엽기도 하고 또는 그 힘없는 팔과 힘없는 다리로 자기의 무쇠 같은 몸을 건드리는 것이 우습기도 하고 앙징하기도 하여 돌아서서 방그레 웃으면서 툭툭 털고 다른 곳으로 몸을 피해 버린다.

어떤 때는 낮잠 자는 벙어리 입에다가 똥을 먹일 때도 있었다. 또 어떤 때는 자는 벙어리 두 팔 두 다리를 살며시 동여매고 손가락과 발가락 사이에 화승불을 붙여 놓아 질겁을 하고 일어나다가 발버둥질을 하고 죽으려는 사람처럼 괴로워하는 것을 보고 기뻐하였다.

이러할 때마다 벙어리의 가슴에는 비분한 마음이 꽉 들어찼다. 그러나 그는 주인의 아들을 원망하는 것보다도 자기가 병신인 것을 원망하였으며, 주인의 아들을 저주한다는 것보다 이 세상을 저주하였다.

그러나 그는 결코 눈물을 흘리지 않았다. 그에게는 눈물이 없었다. 그의 눈물은 나오려 할 때 아주 말라붙어 버린 샘물과 같이, 나오려 하나 나오지를 아니하였다. 그는 주인의 집을 버릴 줄 모르는 개 모양으로 자기가 있어야 할 곳은 여기밖에 없고 자기가 믿을 곳도 여기 있는 사람들밖에 없는 줄 알았다. 여기서 살다가 여기서 죽는 것이 자기의 운명인 줄밖에 알지 못하였다. 자기의 주인 아들이 때리고 지르고 꼬집어뜯고 모든 방법으로 학대할지라도 그것이 자기에게 으레 있을 줄밖에 알지 못하였다. 아픈 것도 그 아픈 것이 으레 자기에게 돌아올 것이요, 쓰린 것도 자기가 받지 않아서는 안 될 것으로 알았다. 그는 이 마땅히 자기가 받아야 할 것을 어떻게 해야 면할까 하는 생각을 한 번도 하여 본 일이 없었다.

그가 이 집에서 떠나가려 하거나 또는 그의 생활 환경에서 벗어나려는 생각은 한 번도 해 보지 못하였다 할지라도, 그는 언제든지 그 주인 아들이 자기를 학대하고 또는 자기를 못살게 굴 때, 그는 자기의 주먹과 또는 자기의 힘을 생각하여 보았다.

주인 아들이 자기를 때릴 때 그는 주인 아들 하나쯤은 넉넉히 제지할 힘이 있는 것을 알았다.

어떠한 때는 아픔과 쓰림이 자기의 몸으로 스며들 때면 그의 주먹은 떨리면서 어린 주인의 몸을 치려 하다가는, 그는 그것을 무서운 고통과 함께 꽉 참았다.

그는 속으로,

'아니다, 그는 나의 주인의 아들이다. 그는 나의 어린 주인이다.'

하고 꾹 참았다.

그러고는 그것을 얼핏 잊어버리었다. 그러다가도 동릿집 아이들과 혹시 장난을 하다가 주인 아들이 울고 들어올 때에는 그는 황소같이 날뛰면서 주인을 위하여 싸웠다. 그래서 동리에서도 어린애들이나 장난꾼들이 벙어리를 무서워하여 감히 덤비지를 못하였다. 그리고 주인 아들도 위급한 경우에는 언제든지 벙어리를 찾았다. 벙어리는 얻어맞으면서도 기어드는 충견 모양으로 주인의 아들을 위하여 싫어하지 않고 힘을 다하였다.

벙어리가 스물세 살이 될 때까지 그는 물론 이성과 접촉할 기회가 없었다. 동리의 처녀들이 저를 '벙어리', '벙어리' 하며 괴상한 손짓과 몸짓으로 놀려 먹음을 받을 적에 분하고 골나는 중에도 느긋한 즐거움을 느끼어 본 일은 있었으나, 그가 결코 사랑으로써 어떠한 여자를 대해 본 일은 없었다.

그러나 정욕을 가진 사람인 벙어리도 그의 피가 차디찰 리는 없었다. 혹 그의 피는 더욱 뜨거웠을는지도 알 수 없었다. 뜨겁다 뜨겁다 못하여 엉기어 버린 엿과 같을는지도 알 수 없었다. 만일 그에게 볕을 주거나 다시 뜨거운 열을 준다 하면 그의 피는 다시 녹을는지도 알 수 없었다.

그가 깜박깜박하는 기름등잔 아래에서 밤이 깊도록 짚세기를 삼을 때면 남모르는 한숨을 아니 쉬는 것도 아니지마는, 그는 그것을 곧 억지할 수 있을 만치 정욕에 대하여 벌써부터 단념을 하고 있었다.

마치 언제 폭발이 될는지 알지 못하는 휴화산 모양으로 그의 가슴속에는 충분한 정열을 깊이 감추어 놓았으나, 그것이 아직 폭발될 시기가 이르지 못한 것 같았었다. 비록 폭발이 되려고 무섭게 격동함을 벙어리 자신도 느끼지 않은 바는 아니지마는, 그는 그것을 폭발시킬 조건을 얻기 어려웠으며 또는 자기가 여태까지 능동적으로 그것을 나타낼 수가 없을 만치 외계의 압축을 받았으며, 그것으로 인한 이지(理智)가 너무 그에게 자제력을 강대하게 하여 주는 동시에 또한 너무 그것을 단념만 하게 하여 주었다.

속으로 '나는 벙어리다' 자기가 생각할 때 그는 몹시 원통함을 느끼는 동시에, 자기는 말하는 사람들과 똑같은 자유와 똑같은 권리가 없는 줄 알았다. 그는 이와 같은 생각에서 언제든지 단념 않으려야 단념하지 않을 수 없는 그 단념이 쌓이고 쌓이어 지금에는 다만 한 개의 기계와 같이 이 집에 노예가 되어 있으면서도 그것이 자기의 천직으로 알고 있을 뿐이요, 다시는 자기가 살아갈 세상이 없는 것같이밖에 알지 못하게 된 것이다.

그해 가을이다. 주인의 아들이 장가를 들었다. 색시는 신랑보다 두 살이 위인 열아홉 살이다. 주인이 본시 자기가 언제든지 분별이 얕은 것을 한탄하여 신부를 고를 때에 첫째 조건이 문벌이 높아야 할 것이었다. 그러나 문벌 있는 집에서는 그리 쉽게 색시를 내놀 리가 없었다. 그러므로 하는 수 없이 그 어떠한 영락한 양반의 딸을 돈을 주고 사 오다시피 하였으니, 무남독녀의 딸을 둔 남촌 어떤 과부를 꿀을 발라서 약혼을 하고 혹시나 무슨 딴소리가 있을까 하여 부랴부랴 성례식을 시켜 버렸다.

혼인할 때에 비용도 그때 돈으로 삼만 냥을 썼다. 그리고 아들의 처갓집에 며느리 뒤보아주는 바느질삯, 빨랫삯이라는 명목으로 한 달에 이천오백 냥씩을 대어 주었다.

신부는 자기 아버지가 돌아가기 전까지 상당히 견디기도 하고 또는 금지옥엽같이 기른 터이라, 구식 가정에서 배울 것 익힐 것은 못 할 것이 없고 또는 인물이라든지 행동거지에 조금도 구김이 있지 아니하다.

신부가 오자 신랑의 흠절이 생기기 시작하였다.

"신부에게다 대면 두루미와 까마귀지."

"아직도 철딱서니가 없어."

"색시에게 쥐여 지내겠어."

"신랑에겐 과하지."

　동릿집 말 좋아하는 여편네들이 모여 앉으면 이렇게 비평들을 한다. 어떠한 남의 걱정 잘하는 마누라님은 간혹 신랑을 보고는 그대로 세워 놓고,

"글쎄, 인제는 어른이 되었으니 셈이 좀 나요? 저러구 어떻게 색시를 거느려 가누. 색시 방에 들어가기가 부끄럽지 않담."

하고 들이대다시피 하는 일이 있다.

이럴 적마다 신랑의 마음은 그 말하는 이들이 미웠다. 일부러 자기를 부끄럽게 하려고 하는 것 같아서, 그 후에 그를 만나면 말도 안 하고 인사도 하지 아니한다.

또 그의 고모 되는 이가 와서 자기 조카를 보고,

"인제는 어른이야. 너도 그만하면 지각이 날 때가 되지 않았니. 네 처가 부끄럽지 아니하냐."

하고 타이를 적마다 그의 마음은 그 말하는 사람이 부끄럽다는 것보다도 자기를 이렇게 하게 한 자기 아내가 더욱 밉살머리스러웠다.

"여편네가 다 무엇이냐? 저 빌어먹을 년이 들어오더니 나를 이렇게 못살게들 굴지."

혼인한 지 며칠이 못 되어 그는 색시 방에 들어가지를 않았다. 집안에서는 야단이 났다. 마치 도야지나 말 새끼를 헐레시키려는 것 같이 신랑을 색시 방으로 집어넣으려 하나 막무가내였다.

그럴 때마다 신랑은 손에 닥치는 대로 집어 때려서, 자기의 외사촌 누이의 이마를 뚫어서 피까지 나게 한 일이 있었다. 집안 식구들은 하는 수가 없어 맨 나중으로 아버지에게 미뤘다. 그러나 그것도 소용이 없을뿐더러 풍파를 더 일으키게 하였다. 아버지께 꾸중을 듣고 들어와서는 다짜고짜로 신부의 머리채를 쥐어 잡아 마루 한복판에 태질을 쳤다. 그러고는,

"이년, 네 집으로 가거라. 보기 싫다. 내 눈앞에는 보이지도 마라."

하였다. 밥상을 가져오면 그 밥상이 마당 한복판에서 재주를 넘고, 옷을 가져오면 그 옷이 쓰레기통으로 나간다.

이리하여 색시는 혼인 오던 날부터 팔자 한탄을 하고서 날마다

밤마다 우는 사람이 되었었다.

울면은 요사스럽다고 때린다. 또 말이 없으면 빙충맞다고 친다. 이리하여 그 집에는 평화스러운 날이 하루도 없었다.

이것을 날마다 보는 사람 가운데 알 수 없는 의혹을 품게 된 사람이 하나 있으니 그는 곧 벙어리 삼룡이였다.

그렇게 어여쁘고 그렇게 유순하고 그렇게 얌전한, 벙어리의 눈으로 보아서는 감히 손도 대지 못할 만치 선녀 같은 색시를 때리는 것은 자기의 생각으로는 도저히 풀 수 없는 의심이다.

보기에도 황홀하고 건드리기도 황홀할 만치 숭고한 여자를 그렇게 학대한다는 것은 너무나 세상에 있지 못할 일이다. 자기는 주인 새서방님에게 개나 도야지같이 얻어맞는 것이 마땅한 이상으로 마땅하지마는, 선녀와 짐승의 차가 있는 색시와 자기가 똑같이 얻어맞는다는 것은 너무 무서운 일이다. 어린 주인이 천벌이나 받지 않을까 두렵기까지 하였다.

어떠한 달밤, 사면은 고요 적막하고 별들은 드문드문 눈들만 깜박이며 반달이 공중에 뚜렷이 달려 있어 수은으로 세상을 깨끗하게 닦아 낸 듯이 청명한데, 삼룡이는 검둥개 등을 쓰다듬으며 바깥마당 멍석 위에 비슷이 드러누워 있어 하늘을 쳐다보며 생각하여 보았다.

주인 색시를 생각하매 공중에 있는 달보다도 더 곱고 별들보다도 더 깨끗하였다. 주인 색시를 생각하면 달이 보이고 별이 보이었다. 삼라만상을 씻어 내는 은빛보다도 더 흰 달이나 별의 광채보다도 그의 마음이 아름답고 부드러운 듯하였다. 마치 달이나 별이 땅

에 떨어져 주인 새아씨가 된 것
도 같고, 주인 새아씨가 하늘
에 올라가면 달이 되고 별이
될 것 같았다.

　더구나 자기를 어린 주인이
때리고 꼬집을 때 감히 입 벌려
말을 하지 못하나 측은하고 불쌍히
여기는 정이 그의 두 눈에 나타나는 것을
다시 생각할 때, 그는 부들부들한 개 등을
어루만지면서 감격을 느끼었다. 개는 꼬리를 치며
자기를 귀여워하는 줄 알고 벙어리의 손을 핥았다.

　삼룡이의 가슴은 주인아씨를 동정하는 마음으로 가득 찼다. 또
는 그를 위하여서는 자기의 목숨이라도 아끼지 않겠다는 의분에
넘쳤다. 그것은 마치 살구를 보면 입 속에 침이 도는 것같이 본
능적으로 느끼어지는 감정이었다.

　새댁이 온 뒤에 다른 사람들은 자유로 안 출입을 금하였으나 벙
어리는 마치 개가 맘대로 안에 출입할 수 있는 것같이 아무 의심
없이 출입할 수가 있었다.

　하루는 어린 주인이 먹지 않던 술이 잔뜩 취하여 무지한 놈에
게 맞아서 길에 자빠진 것을 업어다가 안으로 들여다 누인 일이
있었다. 그때에 아무도 안에 있지 않고 다만 새색시 혼자 방에서
바느질을 하고 있다가 이 꼴을 보고 벙어리의 충성된 마음이 고

마워서 그 후에 쓰던 비단 헝겊 조각으로 부시쌈지 하나를 하여 준 일이 있었다.

이것이 새서방님의 눈에 띄었다. 그래서 색시는 어떤 날 밤에 자던 몸으로 마당 복판에 머리를 푼 채 내동댕이가 쳐졌다. 그리고 온 몸이 피가 맺히도록 얻어맞았다.

이것을 본 벙어리는 또다시 의분의 마음이 뻗쳐 올라왔다. 그래서 미친 사자와 같이 뛰어 들어가 새서방님을 밀어 던지고 새색시를 둘러메었다. 그러고는 나는 수리와 같이 바깥사랑 주인 영감 있는 곳으로 뛰어가 그 앞에 내려놓고 손짓과 몸짓을 열 번 스무 번 거푸하며 하소연하였다.

그 이튿날 아침에 그는 주인 새서방님에게 물푸레로 얼굴을 몹시 얻어맞아서 한쪽 뺨이 눈을 얼러서 피가 나고 주먹같이 부었다. 그 때릴 적에 새서방의 입에서 나오는 말은,

"이 흉측한 벙어리 같으니. 내 여편네를 건드려!"

하고 부시쌈지를 빼앗아 갈가리 찢어 뒷간에 던졌다.

"그러고 이놈아! 인제는 주인도 몰라보고 막 친다. 이런 것은 죽여야 해!"

하고 채찍으로 그의 뒷덜미를 갈겨서 그 자리에 쓰러지게 하였다.

벙어리는 다만 두 손으로 빌 뿐이었다. 말도 못하고 고개를 몇백 번 코가 땅에 닿도록 그저 용서해 달라고 빌기만 하였다. 그러나 그의 가슴에는 비로소 숨겨 있던 정의감이 머리를 들기 시작하였다. 그는 그 아픈 것을 참아 가면서도, 그는 북받치는 분노를 억지하였다.

그때부터 벙어리는 안에 들어가지를 못하였다. 이 들어가지 못하는 것이 더욱 벙어리로 하여금 궁금증이 나게 하였다. 그 궁금증이라는 것이 묘하게 빛이 변하여 주인아씨를 뵈옵고 싶은 감정으로 변하였다. 뵈옵지 못하므로 가슴이 타올랐다. 몹시 애상(哀傷)의 정서가 그의 가슴을 저리게 하였다. 한 번이라도 아씨를 뵈올 수가 있으면 하는 마음이 나더니, 그의 마음의 넋은 느끼기를 시작하였다. 센티멘털한 가운데에서 느끼는 그 무슨 정서는 그에게 생명 같은 희열을 주었다. 그것과 자기의 목숨이라도 바꿀 수 있을 것 같았다. 어떤 때는 그대로 대강이로 담을 뚫고 들어가고 싶도록 주인아씨를 뵈옵고 싶은 것을 꾹 참을 때도 있었다.

그 후부터는 밥을 잘 먹을 수가 없었다. 일도 손에 잡히지 않았다. 틈만 있으면 안으로만 들어가고 싶었다.

주인이 전보다 많이 밥과 음식을 주고 더 편하게 하여 주었으나 그것이 싫었다. 그는 밤에 잠을 자지 않고 집 가장자리로 돌아다녔다.

하루는 주인 새서방님이 술이 취하여 들어오더니 집 안이 수선수선하여지며 계집 하인이 약을 사러 갔다 들어오는 것을 보고 그 계집 하인을 붙잡았다. 그리고 무엇이냐고 물었다.

계집 하인은 한 주먹을 뒤통수에 대고 얼굴을 젊다고 하는 뜻으로 쓰다듬으며 둘째 손가락을 내밀었다. 그것은 그 집 주인은 엄지손가락이요, 둘째 손가락은 새서방님이라는 뜻이요, 주먹을 뒤통수에 대는 것은 여편네라는 뜻이요, 얼굴을 문지르는 것은 예쁘다는 뜻으로 벙어리에게 쓰는 암호다.

그런 뒤에 다시 혀를 내밀고 눈을 뒤집어쓰는 형상을 하고 두 팔을 쫙 벌리고 뒤로 자빠지는 꼴을 보이니, 그것은 사람이 죽게 되었거나 앓을 적에 하는 말 대신의 손짓이다.

벙어리는 눈을 크게 뜨고 계집 하인에게 한 발자국 가까이 들어서며 놀라는 듯이 멀거니 한참이나 있었다.

그의 가슴은 무섭게 격동하였다. 자기의 그리운 주인아씨가 죽었다는 말이나 아닌가, 그는 두 주먹을 마주치며 한숨을 쉬었다.

그러고는 자기 방에 들어가 무엇을 생각하는 것처럼 두어 시간이나 두 눈만 껌벅껌벅하고 앉았었다.

그는 밤이 깊어 갈수록 궁금증 나는 사람처럼 일어섰다 앉았다 하더니 두 시나 되어 바깥으로 나가서 뒤로 돌아갔다.

그는 도둑놈처럼 조심스럽게 바로 건넌방 뒤 미닫이 앞 담에 서서 주저주저하더니 담을 넘었다.

가까이 창 앞에 가 서서 문틈으로 안을 살피다가 그는 진저리를 치며 물러섰다.

어두운 방에 그의 손과 발이 마치 그 뒤에 서 있는 감나무 잎같이 떨리더니 그대로 문을 박차고 뛰어 들어갔을 때, 그의 팔에는 주인아씨가 한 손에 기다란 명주 수건을 들고서 한 팔로 벙어리의 가슴을 밀치며 뻐팅기었다. 벙어리는 다만 눈이 뚱그레서 '에헤' 소리만 지르고 그 수건을 뺏으려 애쓸 뿐이다.

집안이 야단났다.

"집안이 망했군!"

"어디 사내가 없어서 벙어리를!"

"어떻든 알 수 없는 일이야!"

하는 소리가 이 구석 저 구석에서 수군댄다.

그 이튿날 아침에 벙어리는 온몸이 짓이긴 것이 되어 마당에 거꾸러져 입에서 피를 토하며 신음하고 있다. 그 곁에서는 새서방이 쇠줏몽둥이를 들고서 문초를 한다.

"이놈!"

하고는 음란한 흉내는 모조리 하여 가며 건넌방을 가리킨다. 그러나 벙어리는 손을 내저을 뿐이다. 또 몽둥이에는 살점이 묻어 나왔다. 그리고 피가 흘렀다.

벙어리는 타들어 가는 목으로 소리도 못하며 고개만 내젓는다. 그는 피를 토하고 고꾸라지며 이마를 땅에 부비며 고개를 내흔든다. 땅에는 피가 스며든다. 새서방은 채찍 끝에 납 뭉치를 달아서 가슴을 훔쳐 갈겼다가 힘껏 잡아 뽑았다. 벙어리는 그대로 고꾸라지며 말이 없었다.

새서방은 그래도 시원치 못하였다. 그는 어제 벙어리가 새로 갈아 논 낫을 들고 달려왔다. 그는 그 시퍼렇게 드는 날을 번쩍 들었다. 그래서 벙어리를 찌르려 할 때 벙어리는 한 팔로 그것을 받았고 집안사람은 달려들었다. 벙어리는 낫을 뿌리쳐 뺏어서 저리로 던지고 그대로 까무러졌다.

주인은 집안이 망하였다고 사랑에 누워서 모든 일을 들은 체 만 체 문을 닫고 나오지를 아니하며, 집안에서는 색시를 쫓는다고 야단이다.

그날 저녁에 벙어리는 다시 끌려 나왔다. 그때에는 주인 새서방이 그의 입던 옷과 신짝을 주며 눈을 부릅뜨고 손을 멀리 가리키며,

"가! 인제는 우리 집에 있지 못한다."

하였다. 이 소리를 듣는 벙어리는 기가 막혔다. 그에게는 이 집 외에 다른 집이 없다. 이 집 외에는 살 곳이 없었다. 자기는 언제든지 이 집에서 살고 이 집에서 죽을 줄밖에 몰랐다. 그는 새서방님의 다리를 껴안고 애걸하였다. 말도 못하는 것을 몸짓과 표정으로 간곡한 뜻을 표하였다. 그러나 새서방님은 발길로 지르고 사람을 불렀다.

"이놈을 내쫓아라."

벙어리는 죽은 개 모양으로 끌려 나갔다. 그리고 대강팽이를 개천 구석에 들이박히면서 나가 곤드라졌다가 일어서서 다시 들어오려

할 때에는 벌써 문이 닫혀 있었다. 그는 문을 두드렸다. 그의 마음으로는 주인 영감을 찾았으나 부를 수가 없었다.

그가 날마다 열고 날마다 닫던 문이, 자기가 지금은 열려 하나 자기를 내어쫓고 열리지를 않는다. 자기가 건사하고 자기가 거두던 모든 것이 오늘에는 자기의 말을 듣지 않는다. 어려서부터 지금까지 모든 정성과 힘과 뜻을 다하여 충성스럽게 일한 값이 오늘에 이것이다.

그는 비로소 믿고 바라던 모든 것이 자기의 원수가 된 것을 알았다. 그는 그 모든 것을 없애 버리고 자기도 또한 없어지는 것이 나은 것을 알았다.

그날 저녁, 밤은 깊었는데 멀리서 닭이 우는 소리와 개 짖는 소리뿐이 들린다. 난데없는 화염이 벙어리 있던 오 생원 집을 에워쌌다. 그 불을 미리 놓으려고 준비하여 놓았는지 집 가장자리 쪽 돌아가며 흩어 놓은 짚에 모조리 돌아 붙어 공중에서 내려다보면은 집의 윤곽이 선명하게 보일 듯이 불이 타오른다.

불은 마치 피 묻은 살을 맛있게 잘라 먹는 요마(妖魔)의 혓바닥처럼 날름날름 집 한 채를 삽시간에 먹어 버리었다.

이와 같은 화염 중으로 뛰어 들어가는 사람이 하나 있으니 그는 다른 사람이 아니라 낮에 이 집을 쫓겨난 삼룡이다.

그는 먼저 사랑에 가서 문을 깨뜨리고 주인을 업어다가 밭 가운데 놓고 다시 들어가려 할 때 그의 얼굴과 등과 다리가 불에 데어 쭈그러져 드는 것을 알지 못하였다.

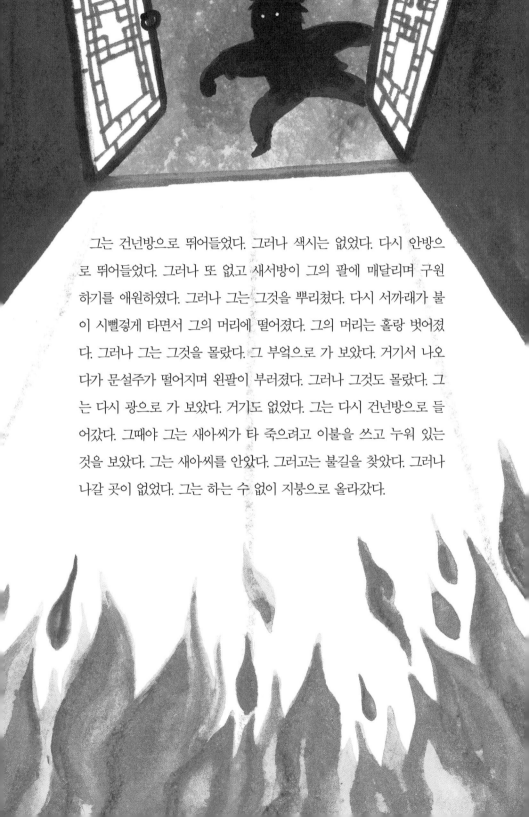

　그는 건넌방으로 뛰어들었다. 그러나 색시는 없었다. 다시 안방으로 뛰어들었다. 그러나 또 없고 새서방이 그의 팔에 매달리며 구원하기를 애원하였다. 그러나 그는 그것을 뿌리쳤다. 다시 서까래가 불이 시뻘겋게 타면서 그의 머리에 떨어졌다. 그의 머리는 홀랑 벗어졌다. 그러나 그는 그것을 몰랐다. 그 부엌으로 가 보았다. 거기서 나오다가 문설주가 떨어지며 왼팔이 부러졌다. 그러나 그것도 몰랐다. 그는 다시 광으로 가 보았다. 거기도 없었다. 그는 다시 건넌방으로 들어갔다. 그때야 그는 새아씨가 타 죽으려고 이불을 쓰고 누워 있는 것을 보았다. 그는 새아씨를 안았다. 그러고는 불길을 찾았다. 그러나 나갈 곳이 없었다. 그는 하는 수 없이 지붕으로 올라갔다.

그는 비로소 자기의 몸이 자유롭지 못한 것을 알았다. 그러나 그는 자기가 여태까지 맛보지 못한 즐거움, 쾌감을 자기의 가슴에 느끼는 것을 알았다. 새아씨를 자기 가슴에 안았을 때 그는 이제 처음으로 살아난 듯하였다. 그는 자기의 목숨이 다한 줄 알았을 때, 그 새아씨를 자기 가슴에 힘껏 껴안았다가 다시 그를 데리고 불가운데를 헤치고 바깥으로 나온 뒤에 새아씨를 내려놓을 때에 그는 벌써 목숨이 끊어진 뒤였다. 집은 모조리 타고 벙어리는 새아씨 무릎에 누워 있었다. 그의 울분은 그 불과 함께 사라졌을는지! 평화롭고 행복스러운 웃음이 그의 입 가장자리에 엷게 나타났을 뿐이다.

* 근대서지학회에서 펴낸 《근대서지》 3호에 실린 〈여명〉 창간호 영인본을 바탕으로 함.

감투 예전에, 머리에 쓰던 갓의 한 종류.

건사하다 자기에게 딸린 것을 잘 보살피고 돌보다.

격동하다 몹시 흥분되어 어떤 충동이 느껴지다.

곤드라지다 몹시 피곤하거나 술에 취해 정신없이 쓰러져 자다.

과목밭 과수원. 과실나무를 심은 밭.

광 창고. 세간이나 그 밖의 여러 가지 물건을 넣어 두는 곳.

금지옥엽 금으로 된 가지와 옥으로 된 잎이라는 뜻으로, 귀한 자손을 이르는 말.

꿀을 바르다 어떤 목적을 위하여 상대에게 듣기 좋은 말을 하다.

대강이 머리.

대강팽이 '머리'를 낮추어 이르는 말.

도야지 돼지.

동탕하다 얼굴이 두툼하고 잘생기다.

뒷간 화장실. 오줌똥을 눌 수 있도록 만들어 놓은 곳.

땅딸보 키가 매우 작은 사람.

마른일 바느질이나 길쌈 따위와 같이 손에 물을 묻히지 않고 하는 일.

매아미 매미.

멍석 짚으로 네모지게 만든 큰 깔개. 곡식을 널어 말리는 데 쓴다.

문설주 문짝을 끼워 달기 위해 문의 양쪽에 세운 기둥.

문초 죄나 잘못을 따져 물음.

밉살머리스럽다 말이나 행동이 남에게 몹시 미움을 받을 만한 데가 있다.

북어쾌 북어 스무 마리를 한 줄에 꿰어 놓은 것.

불밤송이 채 익기도 전에 말라 떨어진 밤송이.

비분하다 슬프고 분하다.

비슷이 서 있거나 세워진 모습이 바르지 아니하고 한쪽으로 기울어진 정도로.

빙충맞다 똘똘하지 못하고 어리석으며 수줍음을 타는 데가 있다.

삽시간 매우 짧은 시간.

쇠좆몽둥이 황소의 생식기를 말려 죄인을 때릴 때 쓰던 매.

압축 범위와 테두리가 줄어듦.

앙징하다(앙증하다) 작으면서도 깜찍하고 귀엽다.

애상(哀傷) 슬픈 생각.

앵모 '벙어리'를 이르는 은어.

얽다 얼굴에 우묵우묵한 자국이 생기다.

여물 말이나 소에게 먹이려고 마려서 썬 짚이나 마른풀.

영락하다 세력이나 살림이 줄어들어 보잘것없이 되다.

옴두꺼비 '두꺼비'를 달리 이르는 말. 두꺼비의 몸이 옴딱지 붙은 것과 같아 보이는 데서
생겨난 말.

요마(妖魔) 요망하고 간사스러운 마귀.

요사스럽다 요망하고 간사한 데가 있다.

울분 답답하고 분한 마음.

의분 불의에 대하여 일으키는 분노.

이지(理智) 이성과 지혜를 아울러 이르는 말. 또는 본능이나 감정에 지배되지 않고 지식
과 윤리에 따라 사물을 분별하고 깨닫는 능력.

이태 두 해.

정욕 이성의 육체에 대하여 느끼는 성적 욕망.

진일 밥 짓고 빨래를 하는 따위의 물을 써서 하는 일.

진저리 몹시 싫증이 나거나 귀찮아서 떨쳐지는 몸짓.

짚세기 짚신.

철딱서니 사리를 분별할 수 있는 힘.

촌락 마을. 주로 시골에서, 여러 집이 모여 사는 곳.

충견 주인에게 충성스러운 개.

태질 세게 메어치거나 내던지는 것.

톳 김을 묶어 세는 단위. 한 톳은 김 100장을 이른다.

행세하다 세도를 부리다.

허구리 허리 좌우의 갈비뼈 아래 부분.

헐레 짝짓기.

호래자식 배운 데 없이 막되게 자라 버릇이 없는 사람을 이르는 말.

화승불 불을 붙게 하는 데 쓰는 노끈을 심지 삼아 붙인 불.

휴화산 옛날에는 불을 내뿜었으나 지금은 그렇지 않은 화산.

흠절 부족하거나 잘못된 점.

깊게 읽기

묻고 답하며 읽는
〈벙어리 삼룡이〉

배경

인물·사건

작품

주제

1_ 운명에 순응하는 삼룡이

연화봉은 어디인가요?

삼룡이는 어떤 사람인가요?

삼룡이는 오 생원네 머슴인가요?

오 생원은 삼룡이를 괴롭히는 아들을 왜 혼내지 않나요?

삼룡이는 왜 주인집에서 나가지 않나요?

2_ 운명을 거스른 사랑의 힘

작은 주인과 아씨는 왜 결혼한 건가요?

삼룡이는 아씨의 어떤 점에 끌렸나요?

아씨는 왜 남편의 폭력에 맞서지 않나요?

삼룡이 마음이 바뀐 까닭은 무엇인가요?

삼룡이는 왜 불을 질렀나요?

3_ 숨어 있는 작가의 마음

등장인물들 성격이 좀 이상하지 않나요?

왜 못생긴 벙어리가 주인공인가요?

작가는 왜 삼룡이를 비극적으로 죽게 했나요?

작가가 말하려는 것은 무엇인가요?

1

운명에 순응하는 삼룡이

연화봉은 어디인가요?

지금은 그곳을 청엽정이라 부르지마는 그때는 연화봉이라고 이름
하였다. 즉, 남대문에서 바로 내려다보면은 오정포가 놓여 있는 산
등성이가 있으니 그 산등성이 이쪽이 연화봉이요, 그 사이에 있는
동리가 역시 연화봉이다.

지금은 그곳에 빈민굴이라고 할 수밖에 없이 지저분한 촌락이 생
기고, 노동자들밖에 살지 않는 곳이 되어 버리었으나, 그때에는 자
기네 딴은 행세한다는 사람들이 있었다.

〈벙어리 삼룡이〉의 공간적 배경인 '연화봉'은 남대문 근처예요. 지금의
서울시 종로구 청파동에 해당하지요. 연화봉이라고 불리다가 1910년
일제의 행정 구역 개편 때 '청엽정'으로 이름이 바뀌었답니다.

일제는 1910년 10월 1일 지방관제를 고쳐 이전의 '한성부'를 '경성
부'로 이름을 바꾸고 격을 낮추어 경기도에 포함시켰어요. 이는 조선
왕조의 수도였던 한성부의 모든 기능을 약화시키려는 의도였지요.
또 우리 민족의 전통은 물론 민족정기를 말살하려는 의도이기도 했
어요.

연화봉은 성문 근처예요. 조선 후기에 서울 인구가 늘어나고 지방

에서 서울로 올라오는 사람들이 많아지면서, 성문 근처에 사는 사람들이 늘어났어요. 그러다 보니 성문 근처에는 지방에서 올라오는 가난한 사람들이 모여 사는 빈민굴이 만들어지게 되었지요.

　당시 가요나 문학 작품을 보면, 주로 성문 근처에 사는 사람들이 빈민층을 형성했음을 알 수 있답니다.

　　내 집은 동소문 밖 빈민굴이요
　　내 몸에 걸친 옷은 헌 누더기나
　　밤마다 꾸는 꿈은 팔자를 고쳐
　　백만의 장자 되어서
　　억만의 장자 되어서
　　호사를 하네

　　　　　　　　　　　　- 노래 〈백만장자의 꿈〉, 1938년

　싸움, 간통, 살인, 도둑, 징역, 이 세상의 모든 비극과 활극의 근원지인 칠성문 밖 빈민굴로 오기 전까지는 복녀의 부처는 (사농공상의 제2위에 드는) 농민이었다.

　　　　　　　　　　　　- 김동인, 〈감자〉, 1925년

삼룡이는 어떤 사람인가요?

비호감이에요

삼룡이는 몹시 얽고 입이 큰 얼굴에, 불밤송이 같은 머리카락에, 짧은 목에, 키도 작았죠. 그가 걸어 다니는 것을 보면 옴두꺼비 같고, 숨차고 더뎌 보이기까지 합니다. 못생기고 둔해 보이니 아무도 그를 거들떠보지 않았겠죠. 그 시절에 스물세 살이 될 때까지 이성과 만날 기회가 없었다는 게 이해가 가네요.

사람대접도 제대로 못 받아요

'삼룡이'라는 이름이 있지만, 사람들은 그를 '벙어리' 또는 '앵모'라고 불러요. 사람들에게 삼룡이는 단지 '벙어리'일 뿐인 것이죠. 당시에는 장애가 있는 사람을 안 좋게 생각했어요. 삼룡이가 듣지는 못해도 다른 사람들이 자신을 어떻게 대하는지는 눈치로 알 수 있었을 거예요. 못난 외모 때문에도 열등감을 느낄 텐데, 장애가 있다는 것은 그를 더욱 작아지게 만들었을 겁니다.

주인에게 사랑받는 머슴이에요

다른 사람들과는 달리 오 생원은 삼룡이를 따뜻하게 대해 줘요. 삼룡이는 그런 오 생원에게 고마움을 느낍니다. 그래서 주인 눈밖에 나지 않으려고 조심스럽게 행동하고 부지런하게 일하죠. 삼룡이가 주인 아들에게 잘하는 것도 다 오 생원 때문일 겁니다.

정욕도 단념할 만큼 자신감이 없어요

삼룡이는 늘 속으로 '나는 벙어리다.'라고 생각해요. 그때마다 몹시 원통함을 느끼지만, 자신은 말을 할 수 있는 사람들과 똑같은 자유와 권리가 없다고 생각하죠. 그래서 오로지 일만 하는 노예이자 기계가 되었어요. 또 자신감을 잃어버리면서 감정까지도 잃어버리게 됩니다.

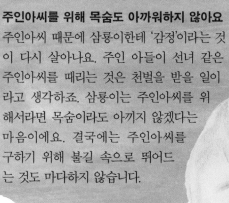

주인아씨를 위해 목숨도 아까워하지 않아요

주인아씨 때문에 삼룡이한테 '감정'이라는 것이 다시 살아나요. 주인 아들이 선녀 같은 주인아씨를 때리는 것은 천벌을 받을 일이라고 생각하죠. 삼룡이는 주인아씨를 위해서라면 목숨이라도 아끼지 않겠다는 마음이에요. 결국에는 주인아씨를 구하기 위해 불길 속으로 뛰어드는 것도 마다하지 않습니다.

삼룡이는 오 생원네 머슴인가요?

그도 이 집 주인이 이리로 이사를 올 때에 데리고 왔으니, 진실하고 충성스러우며 부지런하고 세차다. 눈치로만 지내 가는 벙어리지마는 말하고 듣는 사람보다 슬기로울 적이 있고, 평생 조심성이 있어서 결코 실수할 적이 없다.

아침에 일어나면 마당을 쓸고, 소와 도야지의 여물을 먹이며, 여름이면 밭에 풀을 뽑고 나무를 실어 들이고 장작을 패며, 겨울이면 눈을 쓸고 잔 심부름이며 진일 마른일 할 것 없이 못하는 일이 없다.

삼룡이는 오 생원 집에서 어떤 위치에 있을까요? 여러분도 알겠지만 삼룡이는 오 생원 집 머슴입니다. 우리가 흔히 알고 있듯이 머슴은 "마당 쓸어라." 하면 마당 쓸고, "물 떠 오너라." 하면 물 떠 오는, 집안의 궂은일을 맡아 하는 사람이지요.

 머슴은 주인집에 살면서 농사일과 집안일을 하고 그 대가로 돈(새경)과 옷, 음식, 술, 담배 등을 받는 사람을 말해요. 이들은 고용한 사람과 주종 관계에 있었으나, 신분제에 따른 노비와는 성격이 다릅니다. 고려 시대에는 '용작', 조선 시대에는 '고공'이라고 불렀어요. 그리고 지방에 따라서는 '머슴, 머섬, 몸꾼, 쌈꾼'이라고 했답니다.

머슴은 보통 일 년 단위로 고용되어 고용한 주인집에서 먹고 자고 했답니다. 그리고 쌀이나 돈을 새경으로 받았지요. 그러나 새경이 매우 적어서 일 년 동안 혼자 쓰면 남는 것이 별로 없었어요. 그래서 오랫동안 머슴살이를 해도 돈을 모으기가 어려웠답니다.

머슴들이 일을 하는 시간은 보통 하루 열 시간 정도였어요. 이는 오늘날 법정 근로 시간인 여덟 시간보다 많은 것이죠. 농사일이 바쁜 4~6월과 9~10월에는 일하는 시간이 더 늘어났어요. 동이 틀 무렵에 눈을 떠서 밤이 깊을 때까지 줄곧 등에는 지게, 손에는 낫과 호미가 떨어지지 않았지요. 거기다 물 져다 나르기, 땔감 해 오기, 가축 기르기 같은 잡다한 일들도 머슴의 몫이었을 겁니다.

머슴들의 삶이 많이 힘들었겠죠? 해방 이후에도 머슴의 수가 30여 만 명에 이르렀어요. 노비처럼 매질을 당하거나 학대를 받기도 하고, 심지어 새경을 제대로 받지 못하는 일도 많았다고 하네요.

머슴은
근로자가
아니다?

질문

저는 농촌에 사는 가난한 주부예요. 8남매를 키우고 있죠. 남달리 건강한 남편은 생활고에 시달린 나머지 약 3년 전부터 이웃 동네에 사는 이씨 집 머슴으로 일했습니다. 얼마 안 되는 돈을 받고 근근이 생활을 해 오던 참에, 금년에도 벼 일곱 섬을 받기로 하고 지난 1월부터 몹시 고된 일을 해 왔습니다. 그런데 얼마 전에 그 집 논을 갈다가 과로 때문에 현장에서 죽고 말았어요. 그런데 이씨 집에서는 약간의 생활비를 보장해 주겠다고 하더니, 이제 와서는 한마디 말도 없습니다. 이럴 때에는 법적으로 위자료 청구를 할 수 없나요? 할 수 있다면 그 절차를 자세히 좀 알려 주십시오.

답변

참 안됐습니다. 이럴 경우에, 이씨가 인간적인 동정을 베풀어서 위자료를 주지 않는 한 법적으로는 아무것도 요구할 수 없습니다. 근로기준법 제10조를 보면, "가사 사용인은 근로기준법의 적용을 받지 않는다."라는 내용이 있어요. 당신 남편은 이씨가 고용한 '가사 사용인'이라고 할 수 있죠. 그래서 당신의 경우는 근로기준법의 적용을 받을 수 없습니다.

오 생원은 삼룡이를 괴롭히는 아들을
왜 혼내지 않나요?

오 생원은 성실한 사람이에요. 하루도 빠짐없이 아침 일찍 일어나 집 안일을 보살피고 다닐 정도지요. 그리고 명절이면 선물도 나눠 주고, 연장도 동리 사람들이 편하게 쓸 수 있게 합니다. 한마디로 성실하게 살면서 다른 사람에게 좋은 사람이 되고자 하지요. 그러니 사람들이 오 생원을 존경하는 겁니다.

이런 성격은 자식을 대하는 태도에서도 그대로 나타나요. 그래서 자식이 잘못해도 아직 철이 없어서 그렇다고 그냥 내버려둡니다. 그런 오 생원에게 아내가 뭐라고 하면, 오 생원은 아무 말도 하지 않고 밖으로 나가 버립니다.

오 생원은 좋은 게 좋은 거라고 생각하며 살아요. 삼룡이를 괴롭히는 아들이 문제가 없어서 혼내지 않는 것이 아닙니다. 철이 들면 좀 나아지려니 생각하여 그냥 놔둔 것이지요. 잘못된 것은 잘못된 것이라고 말해야 하는데, 아무에게도 싫은 소리를 듣지 않으려고 그냥 넘어갑니다. 그래서 아들에게 맞은 삼룡이를 달랠 뿐 아들을 나무라지 않는 것이지요. 마찬가지로 아들이 납 뭉치로 삼룡이를 때리고 낫으로 삼룡이를 죽이려 할 때도 사랑에 누워서 모른 척했던 거랍니다.

어쩌면 비극적인 사건의 시작은 오 생원 때문일지도 모르겠네요.

오 생원이 아들의 잘못을 꾸짖고 바로잡았다면 삼룡이가 죽거나 집이 불타는 일이 일어나지 않았을 수도 있으니까요. 오 생원이 잘못된 것을 잘못된 것이라 말하며 사는 사람이었다면 이 소설의 결말은 달라졌을 겁니다.

오 생원의 성실함과 다른 사람에게 좋게 보이려는 마음이 도리어 화가 된 것이라고 생각할 수도 있겠네요.

삼룡이는 왜 주인 집에서 나가지 않나요?

삼룡이는 마음이 착해요. 또 부지런하고 충직하죠. 워낙 부지런하고 눈치 빠르게 일하기 때문에 오 생원네 가족에게는 없어서는 안 될 사람입니다. 그래서 오 생원은 삼룡이에게 잘해 줍니다. 삼룡이 또한 최선을 다해 충성스럽게 일을 하고요.

그리고 삼룡이는 자기 처지나 대우에 불평을 하지 않고 운명이라여깁니다. 그래서 주인 아들이 학대를 해도 못난 자신이 견뎌야 할것으로 받아들이죠. 그리고 주인 아들보다는 세상과 자신을 원망합니다.

그 당시 사람들 대부분은 자신의 처지를 운명으로 여기며 살았어요. 오랜 세월 이어져 온 지배층의 착취와 그로 인한 가난을 운명으로 받아들이는 편이 그나마 견디기 쉬웠기 때문일 겁니다.

특히 삼룡이는 자신이 가진 장애와 외모 때문에 열등감도 있었을거예요. 그래서 감히 불평이나 저항을 할 생각은 하지도 못했을 테죠. 그런 삼룡이에게 오 생원 집과 그 동리는 자신이 떠날 수도 없고떠나서도 안 되는 삶의 공간이었을 거예요. 그러니 삼룡이에게 가장두려운 것은 오 생원 집에서 쫓겨나는 것일 수가 있죠. 그렇기 때문에 어떤 학대도 견뎌 내고 있는 것이 아닐까요?

2

운명을 거스른 사랑의 힘

작은 주인과 아씨는 왜 결혼한 건가요?

오 생원 입장에서

그해 가을이다. 주인의 아들이 장가를 들었다. 색시는 신랑보다 두 살이 위인 열아홉 살이다. 주인이 본시 자기가 언제든지 분별이 얕은 것을 한탄하여 신부를 고를 때에 첫째 조건이 문벌이 높아야 할 것이었다.

조선 시대는 엄격한 신분 사회였어요. 뛰어난 재주를 타고난 사람이라 하더라도 신분이 천하면 사회에서 인정받지 못했지요. 그런데 조선 후기로 접어들면 상황이 좀 달라집니다. 경제적으로 몰락한 양반과 부유한 중인(평민)이 등장하면서, 양반과 평민 사이에 적당한 거래가 생겨나게 되거든요. 부자가 된 중인들이 돈으로 가문을 사는 경우가 많아지게 된 겁니다. 물론 큰돈이 드는 일이었지만, 중인들에게는 돈보다 신분 상승에 대한 욕심이 컸던 것 같아요.

이 소설에서처럼 재물을 주고 며느리를 사 오는 풍습은 꽤 오래되었어요. 삼한 시대 옥저의 '민며느리제'가 그 예죠. 이는 나이가 찬 여자를 재물을 주고 데려와서 나이 어린 남편이 혼기에 이를 때까지 노동력을 이용한 다음 결혼시키는 제도를 말해요. 아내나 며느리라기보다는 노동력의 대상으로 본 것이죠.

하지만 이와는 달리 이 소설에서 아씨는 노동력을 보충하는 의미가 아니라 지위 상승 목적으로 팔려 왔어요. 그런데 이렇게 결혼을 할 때 남자 측에서 결혼 비용을 부담하게 되면, 남편은 아내를 배우자가 아니라 소유물로 보는 경향이 있었답니다.

오 생원이 큰돈을 주고 가문과 품행이 훌륭한 며느리를 들였으나, 오 생원 아들은 끝내 아내를 외면하고 학대해요. 온 동리의 수군거림도 못 견딜 노릇인데 며느리는 삼룡이와의 불륜을 의심받고, 또 집에서 쫓겨난 삼룡이는 집에 불을 질러 마침내 모든 것을 태워 버리죠. 비록 오 생원은 삼룡이 때문에 목숨을 건졌지만, 재산과 가문을 두루 갖춰 어엿한 양반가로 행세하고자 했던 그의 희망은 마치 재처럼 스러지고 모든 것은 헛된 것이 되고 맙니다.

아씨의 어머니 입장에서

하는 수 없이 그 어떠한 영락한 양반의 딸을 돈을 주고 사 오다시피 하였으니, 무남독녀의 딸을 둔 남촌 어떤 과부를 꿀을 발라서 약혼을 하고 혹시나 무슨 딴소리가 있을까 하여 부랴부랴 성례식을 시켜 버렸다.

혼인할 때에 비용도 그때 돈으로 삼만 냥을 썼다. 그리고 아들의 처갓집에 며느리 뒤보아주는 바느질삯, 빨랫삯이라는 명목으로 한 달에 이천오백 냥씩을 대어 주었다.

조선 시대 후기로 들어서면, 벼슬길에 나아가지 못한 양반의 삶은 비렁뱅이보다 못했대요. 하지만 체면 때문에 동냥질도 못하고 온 식구가 굶어죽기만을 기다리는 일도 있었다고 해요. 그래서 견디다 못한 일부 양반이 부유한 중인에게 돈을 받고 족보를 팔아넘기는 일이 생겨났답니다.

족보를 팔아넘겨 스스로 양반이길 포기하기도 했다면, 경제적으로 풍요로운 중인과 혼례를 치르는 양반들도 있었겠지요? 실제로 조선 후기에서 개화기로 넘어가면서 그런 사례가 상당히 많았대요. 특히 갑오개혁(1894년) 이후로는 공식적으로 신분 제도가 폐지되면서 결혼의 조건으로 가문보다는 상대의 경제력을 더 따졌답니다.

아씨 어머니는 남편 대신 집안을 꾸려 가며 매우 힘들었을 거예요. 아마 빚을 지기도 했겠지요. 집 안팎의 경조사, 제사, 생활비, 누가 아프기라도 했다면 병구완에 들어가는 돈까지 돈이 많이 필요했을 거예요. 그런데 양반들은 돈을 버는 일에 몸소 나설 수 없었어요. 그러니 빚만 자꾸 늘어 가고 갚을 길이 막막했겠죠.

그러니 오 생원이 제시하는 조건을 거절
할 수 없었을 겁니다. 그런 결정을 내리게
된 데에는 신분보다는 돈을 더 중요시하게
된 사회의 변화도 한몫을 했을 거예요.

고대의
결혼 제도

족외혼

같은 씨족이 아닌 다른 씨족과 결혼을 해야 하는 제도예요. 씨족 사회의 전통을 계승한 동예의 결혼 풍습이지요. 씨족 사회는 원래 폐쇄적인 공동체였으나 이런 제도를 통해 점차 부족 사회로 나아가게 되고, 고대 국가의 성립으로까지 이어집니다. 족외혼 풍습은 나중에 동성끼리 결혼할 수 없다는 '동성불혼' 제도와 연결이 돼요.

민며느리제

옥저의 결혼 풍습으로, 여자가 남자 집에 미리 가서 살다가 결혼하는 제도예요. 여자가 열 살쯤 되었을 때 약혼하고 신랑 집에서 머물다가 성인이 되면 돈과 비단을 주어 여자를 친정으로 보내요. 그런 다음 다시 정식으로 부부 관계를 맺게 했어요. 딸이 없는 집에서 여자의 노동력이 필요해서 행한 제도라고 하네요.

데릴사위제

고구려의 결혼 풍속으로, 결혼하기 전이나 후에 남자가 여자 집에 들어가 살던 제도예요. 딸만 둔 부모가 데릴사위(딸을 시집으로 보내지 않고 친정에 데리고 있기로 하고 삼은 사위)를 들이는 것이 일반적이지만, 아들이 있는 집에서 데릴사위를 들이는 경우도 있었대요. 데릴사위는 결혼 후 일정 기간 처가에 살다가 본가로 돌아가는 경우, 자식을 볼 때까지 또는 그 이후까지 처가에 살다가 본가로 돌아가는 경우, 결혼 전에 여자 집에 들어가 노동력을 제공하고 성장한 후 여자와 혼인하는 경우 등 여러 가지가 형태가 있었답니다.

형사취수제

고구려와 부여 등에 있었던 결혼 풍습으로, 형이 죽은 뒤 동생이 형을 대신하여 형수와 부부 생활을 계속하는 제도예요. 이 제도는 형수가 재산을 물려받아 다른 혈족 사람과 혼인하는 것을 막기 위한 것이라고 해요. 그리고 형수에게 상속권이 없을 경우에는 생활 능력이 없는 형수를 혈족이 부양해 준다는 의미도 있다고 합니다.

삼룡이는 아씨의 어떤 점에 끌렸나요?

삼룡이와 아씨는 공통점이 있어요. 순수하다는 것과 학대를 당한다는 것, 그리고 둘 다 '모자람'을 가지고 있는 인물이라는 것이 공통점이지요.

삼룡이는 벙어리, 다시 말해 장애인입니다. 그 당시에는 장애인을 배려하는 마음이나 제도가 거의 없었어요. 게다가 삼룡이는 땅딸보에 얽은 얼굴로 옴두꺼비 같은 외모를 가졌습니다. 주인 아들은 이런 삼룡이를 사람으로 취급하지도 않아요.

아씨는 예쁘고 유순하고 선녀 같은 사람이지만, 아버지가 돌아가시고 나서 생활고에 시달립니다. 그래서 결국 돈 삼만 냥에 팔려 오다시피 혼인을 하게 되었죠.

이들은 둘 다 주인 아들에게 학대를 당해요. 주인 아들은 자기보다 나이도 많은 삼룡이를 함부로 대하죠. 말 못하는 벙어리라고 때리고 똥을 먹이고 몸에 불을 놓고는 삼룡이가 괴로워하는 모습을 보고 즐거워합니다. 이렇게 철없고 포악한 주인 아들은 결혼한 후에 색시와 비교를 당하면서 색시도 학대해요.

색시의 머리채를 쥐어 잡아 마루 한복판에 태질을 하기도 하고, 우는 색시를 요사스럽다고 때리기도 하고, 말이 없으면 빙충맞다고 치기도 합니다. 둘 다 잘못한 일도 없이 주인 아들에게 학대를 당합니다.

삼룡이와 아씨는 이런 무시와 학대를 견뎌 내며 살아요. 삼룡이는 벙어리이기 때문에 많은 사람에게 무시를 당하죠. 특히 주인 아들에게는 개 취급을 당합니다. 그런데도 주인에 대한 충직함으로 그 수모를 다 견뎌요. 또한 아씨는 남편이 학대를 하고 수모를 주어도 울며 자신의 팔자 한탄만 할 뿐 대거리도 하지 않고 참고 살아갑니다.

이렇게 삼룡이와 아씨는 참고 견디며 하루하루를 살아가요. 그러면서도 다른 사람을 따스함으로 품지요. 아씨는 다른 사람들이 다 무시하는 삼룡이에게 고마움의 표시로 부시쌈지를 선물해요. 삼룡이는 주인에 대한 충직함으로 수모를 견뎌 내고, 아씨를 동정하고 사랑하는 마음으로 목숨을 걸고 아씨를 위해야겠다고 생각하죠. 둘 다 다른 사람을 따스하게 품을 줄 아는 순결한 영혼의 소유자랍니다.

이렇듯 닮은 점이 많았기 때문에 두 사람은 서로 통하는 부분이 있지 않았을까요?

아씨는 왜 남편의 폭력에 맞서지 않나요?

주인아씨는 세 살이나 어린 남편한테 학대를 당하지만 전혀 저항하지 않아요. 삼룡이와의 관계를 추궁당하며 집에서 내쫓길 지경이 되었을 때도, 목을 매어 죽으려고 했지 대거리를 하거나 집을 나가지 않아요. 왜 그럴까요?

　혹시 '칠거지악'이나 '삼종지도' 같은 말을 들어 보았나요? 이것들은 여자에게 끝없는 순종과 희생을 강요하는 말입니다. 옛날에 여자들은 결혼하기 전까지 어머니에게 일상생활의 예의범절과 언어, 습관 하

나하나, 그리고 살림살이에 필요한 여러 가지 것을 배웠답니다. 그 가운데 가장 중요하게 여겼던 것이 남편에게 순종하는 것이었지요.

1475년(성종 6)에 소혜왕후가 쓴 《내훈》이라는 책이 있어요. 부부 생활에서 아내가 지켜야 할 기본적인 도리에 대한 내용을 담고 있지요. 여기에 이런 이야기가 나와요.

남편은 아내의 하늘이니, 아버지처럼 공경하고 섬겨야 한다. 남편 앞에서는 몸가짐을 조심스럽게 하고, 함부로 잘난 체하지 말며, 매사에 순종하고 그 뜻을 거스르지 않는다. 만약 남편에게 잘못이 있으면 완곡하게 이야기하여 스스로 깨닫게 한다. 가정의 중요한 일에 대하여 자기주장을 해서는 안 되고, 정치에 관여해서도 안 된다. 혹 여자가 총명하고 재주가 있다 하더라도 자기를 낮추고 가장을 내조하는 일에만 힘써야 한다.

이런 가르침을 받았기 때문에 주인아씨는 아무리 남편이 나이가 어리고 횡포가 심해도 감히 맞설 생각을 하지 못한 거예요. 또 당시 사람들은 시집간 딸을 '출가외인'이라 여겼기 때문에, 시집에서 나간다고 해도 친정으로 돌아갈 수는 없었어요. 더구나 혼인할 때 적지 않은 돈이 친정에 전달되었음을 알고 있는 주인아씨로서는 죽어도 시집에서 죽어야 했지요. 결국 주인아씨는 절망 끝에 자살을 결심하게 됩니다.

철거지악

여자들이 경계해야 할 일곱 가지로 여겨지던 것들이에요. 여기에 하나라도 해당될 때는 아내를 내쫓을 수 있었다고 하네요.

시부모에게 순종하지 않는 것, 자식을 낳지 못하는 것, 음탕한 것, 질투하는 것, 나쁜 질병이 있는 것, 수다스러운 것, 도둑질하는 것 등입니다.

삼종지도

여자가 따라야 할 세 가지 도리를 이르던 말이에요. 어려서는 부모에게 효도하고, 결혼해서는 시부모와 남편을 섬기며, 남편이 죽은 후에는 자식을 따라야 한다는 것이지요.

위자료 청구 소송

당시 모든 여자가 아씨처럼 산 것은 아니에요. 1916년에는 결혼한 지 6개월 만에 아내를 내쫓고 재혼한 남편을 상대로 아내가 소송을 했는데, '훼손된 정조를 보상'하라는 위자료 청구 소송에서 이겼답니다. 1920년대 신문에 이런 기사가 실렸군요.

여성 쪽 이혼 소송 급증 ··· 위자료 청구까지
남편들 "아, 옛날이여"

시대가 발전함에 따라 여성들도 이제 자신의 운명을 남편의 손아귀에만 맡겨 두지 않고 적극적으로 자기 권리를 찾아 나서고 있다. 최근 조사에 의하면, 여성들의 이혼 소송이 격증하는 추세다. 1915년 830건, 1916년 905건, 1917년 951건이던 이혼 소송이 1918년에는 1042건, 1919년에는 1248건에 이를 정도로 크게 늘었다. 가장 큰 소송 이유는 남편의 학대 때문인 것으로 조사됐고, 그다음이 남편의 행방불명 및 감옥 생활로 인한 생활 곤란 때문인 것으로 밝혀졌다. 또 이혼 소송에는 반드시 위자료 청구가 뒤따르고 있어 여성들의 권리 의식이 그만큼 높아지고 있음을 반증하는 것으로 지적되고 있다. 여성들의 권리 의식은 일본에 유학했던 신여성들을 중심으로 높아지고 있는데, 이제 이런 추세가 일반 가정에까지 확산되고 있다는 분석이다.

여성들의 평등 의식이 조금씩 깨어나고 있었지만, 기사에서와 같은 적극적인 여성들이 그때는 그리 많지 않았을 겁니다.

삼룡이 마음이 바뀐 까닭은 무엇인가요?

보기에도 황홀하고 건드리기도 황송할 만치 숭고한 여자를 그렇게 학대한다는 것은 너무나 세상에 있지 못할 일이다. 자기는 주인 새서방님에게 개나 도야지같이 얻어맞는 것이 마땅한 이상으로 마땅하지마는, 선녀와 짐승의 차가 있는 색시와 자기가 똑같이 얻어맞는다는 것은 너무 무서운 일이다. 어린 주인이 천벌이나 받지 않을까 두렵기까지 하였다.

삼룡이의 가슴은 주인아씨를 동정하는 마음으로 가득 찼다. 또는 그를 위하여서는 자기의 목숨이라도 아끼지 않겠다는 의분에 넘쳤었다.

삼룡이의 마음이 바뀌어 가는 과정을 삼룡이에게 직접 들어 볼까요?

나는 운명에 순응하며 살아왔어. 장애인을 차별하는 세상과 현실이 싫었지만, 내가 어떻게 할 수 있는 문제가 아니라고 생각했으니까.

그래서 어릴 적부터 나를 거두어 준 오 생원 부자에게 순종하며 살았지.

그런데 아씨 때문에 내 마음이 바뀌기 시작했어. 평소에는 주인 아들이 나를 괴롭히고 못된 짓을 해도 운명이려니 했지. 그런데 선녀 같은 아씨가 주인 아들에게 괴롭힘을 당하는 것은 이해할 수가 없었어. 게다가 동네 사람들이나 주위 사람들이 주인 아들을 비난하는 소리를 들으면서 더욱더 주인 아들을 원망하는 마음이 커졌지. 한마디로 내 삶에 대한 문제의식이 생긴 거라고 할까.

그리고 주인 아들에게 괴롭힘을 당하는 주인아씨를 보면서 동병상련의 마음이 생기는 거야. 그래서 아씨를 보호해야겠다는 결심을 하게 되었지.

그런 마음이 아씨에 대한 애틋함으로 바뀐 것 같아. 나는 내 처지를 비관하면서 살았기 때문에 이성에 대한 마음도 가질 수 없었어. 하지만 내 가슴속 어딘가에 이성에 대한 본능이 남아 있음을 깨닫게 된 거지. 그런 본능이 아씨를 보면서 드러나기 시작한 거야.

다른 사람들과 달리 아씨는 나를 사람으로 대접해 주었어. 그것만으로도 고마운데 얼굴까지도 예쁘잖아. 그러니 아씨는 나에게 별과 같은 존재, 달과 같은 존재가 되었던 거야.

부시쌈지 사건 때문에 안방 출입을 못하게 되었을 때는 마음이 몹시 아팠어. 달과 별이 뜨지 않는 어둠 속에 있는 것 같았지. 그러던 중에 아씨가 다 죽게 되었다는 사실을 알게 되었어. 그 사실을 안 순간 이것저것 생각할 겨를이 없었어. 그래서 안채 문을 박차고 들어갔지. 그리고 마침 자살하려던 아씨를 살려 내게 되었어.

하지만 그 사건 때문에 작은 주인에게 더 큰 오해를 받아 모진 매질을 당했어. 믿었던 오 생원마저도 나를 외면했지. 결국 나는 오 생원 댁에서 쫓겨나고 말았지.

운명에 순응하며 살아왔지만, 이런 상황은 정말 견디기가 힘들었어. 끝없는 절망감, 이것이 나를 막다른 곳으로 몰기 시작했어. 그래서 결국엔 오 생원 집에 불을 지르는 극단적인 선택을 하게 된 것이지.

삼룡이는 왜 불을 질렀나요?

난데없는 화염이 벙어리 있던 오 생원 집을 에워쌌다. 그 불을 미리 놓으려고 준비하여 놓았는지 집 가장자리로 쭉 돌아가며 흩어 놓은 짚에 모조리 돌아 붙어 공중에서 내려다보면은 집의 윤곽이 선명하게 보일 듯이 불이 타오른다.

소설 끝부분을 보면, 불을 지른 사람이 삼룡이라는 것을 짐작할 수 있어요. 특히 "그 불을 미리 놓으려고 준비하여 놓았는지"라는 구절을 보면 더욱 그렇죠.

그렇다면 삼룡이가 불을 지른 까닭을 알아볼까요?

"그는 비로소 믿고 바라던 모든 것이 자기의 원수가 된 것을 알았다. 그는 그 모든 것을 없애 버리고 자기도 또한 없어지는 것이 나은 것을 알았다."라는 부분에서 알 수 있듯이, 삼룡이는 자기를 버린 오 생원 집 안에 복수를 하고 싶었을 겁니다. 어른들이 싸울 때 "너 죽고 나 죽자." 라는 말을 종종 하죠. 아마 삼룡이도 그런 마음이었을 거예요. 그런데 마침 주머니에 아씨가 선물한 부시쌈지가 손에 잡힙니다. 그러자 아씨에 대한 그리운 감정이 끓어오르게 되고 그러면서 '에라!' 하는 심정으로 불을 질렀을 거예요.

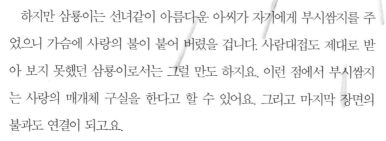

　물론 아씨는 이런 결과를 예상하고 부시쌈지를 선물한 게 아닐 거예요. 술에 취해 얻어맞고 길에 나자빠진 남편을 삼룡이가 업어다가 눕혀 준 것이 고마워서 부시쌈지를 만들어 주었을 겁니다.

　하지만 삼룡이는 선녀같이 아름다운 아씨가 자기에게 부시쌈지를 주었으니 가슴에 사랑의 불이 붙어 버렸을 겁니다. 사람대접도 제대로 받아 보지 못했던 삼룡이로서는 그럴 만도 하지요. 이런 점에서 부시쌈지는 사랑의 매개체 구실을 한다고 할 수 있어요. 그리고 마지막 장면의 불과도 연결이 되고요.

　불은 현실을 파괴하기도 하지만 그로 인해 새로움을 만들기도 해요. 삼룡이는 무의식적으로 자신의 고통을 해결하고 싶었을 거예요. 그래서 이해할 수 없는 작은 주인의 행동, 비천한 자신의 삶, 고통스러운 현실, 끓어오르는 분노, 쌓인 울분을 모두 불에 태워 버리죠. 그렇게 함으로써 삼룡이는 자신을 억압했던 모든 것에서 벗어나고자 했습니다. 그리고 불구덩이 속에서 아씨를 살려 냄으로써 삼룡이는 처음으로 진정한 인간이 되었을 거예요. 그리고 아씨를 향한 참고 참았던 그리움과 사랑을 드러내 보이는 것이죠.

부시쌈지란?

부시쌈지는 부시를 담는 주머니예요. '쌈지'는 부시나 담배를 넣어 가지고 다닐 수 있도록 만든 것을 말하는데, 넣는 물건에 따라 '부시쌈지', '담배쌈지'라고 해요.

부시쌈지는 대개 직사각형 모양으로 되어 있는데, 재료로는 기름을 입힌 종이, 헝겊, 가죽(소가죽이나 양가죽)을 사용했어요. 형태는 양쪽 주머니에 넣어 접게 된 것, 한 면에 주머니가 두세 개 있어 차곡차곡 넣고 둘둘 마는 것 등이 있었는데, 쌈지에는 수를 놓아 모양을 내기도 했어요.

성냥이 없던 시절 불을 일으키는 데 부시, 부싯돌, 부싯깃 등을 사용했어요. 부시는 대개 손가락 길이 정도의 쇳조각으로, 주머니칼을 접은 것과 비슷한 형태예요. 부싯돌은 흔히 '차돌'이라고 부르는 아주 단단한 돌로 백색, 회색, 갈색, 흑색 등 여러 가지 색을 띠죠. 부싯깃은 수리취, 쑥잎 등을 불에 볶아 곱게 비벼서 만들고, 또 솜이나 백지 따위를 잿물에 여러 번 묻힌 것을 쓰기도 했어요. 이렇게 불을 일으킬 때 사용하는 도구를 넣어 둔 휴대용 주머니를 부시쌈지라고 했고, 가정에서 사용하는 것은 '부시통'이라고 했어요.

3

숨어 있는 작가의 마음

등장인물들 성격이 좀 이상하지 않나요?

오늘은 전문가(전주 소재 신경정신과 원장 김동인 박사)를 모시고 주요 등장인물의 성격에 대해 알아보기로 하겠습니다.

오 생원은 어떤 인물인가요?

오 생원은 몹시 부지런하고 시계처럼 정확하며 늘 일찍 일어나 동리를 돌아다닌다고 했는데, 제가 보기에 그가 보이는 태도는 강박증에 가깝군요.

강박증은 어떤 생각이 떠오르면 기어이 그것을 직접 확인해야 직성이 풀리는 성격을 말합니다. 오 생원은 일 년 열두 달, 날마다 거르지 않고 늘 같은 시간에 동리를 나갔네요. 이렇게 자로 잰 듯이 정확한 사람은 다른 사람이 볼 때 좀 답답합니다. 특히 함께 사는 식구라면, 또 그것이 아내의 입장이라면 참 숨이 막히는 일입니다.

또 그는 잔소리가 많은 사람이네요. 상대방에게 잔소리를 한다는 것은 어떤 일을 자기 의도대로 이끌어 가려는 의지가 강한 사람입니다. 그런데 집안일에 시시콜콜히 잔소리가 많으면 아내가 싫어하겠죠? 아마 오 생원과 아내는 사이가 좋지 않았을 것 같아요.

오 생원은 아내의 불평을 피해 밖(동리)에서 자신의 위엄을 찾으려 했을 겁니다. 동리 사람들에게 선물을 돌리고 농기구를 빌려 주는 등 인심을 얻으려 한 것이 그 증거예요. 아내가 자신을 인정하지 않을수록 타인, 즉 동리 사람들에게는 친절한 모습을 보여 인정받고 싶었겠지요.

오 생원 아내와 아들은 오 생원을 어떻게 생각했을까요?

아내가 남편에게 불만이 생기면 대개 자녀들에게 의지해요. 그래서 오 생원 아내도 남편에 대한 불만을 하나밖에 없는 아들에게 호소했을 거예요. 그러니 아들도 자연스럽게 아버지한테 반감을 갖게 되었겠죠. '내가 어서 커서 집안을 물려받아 아버지의 간섭에서 벗어나야겠다. 까다로운 아버지로부터 어머니를 지켜드려야겠다.'라는 생각을 하지 않았을까요? 그러고 보면 오 생원 아내가 오 생원에게 아들을 때려 주라고 한 것은 본심이 아닐 겁니다. 아들이 어긋나는 행동을 하는 원인을 남편 탓으로 돌리고 싶고, 이래저래 남편에게 쌓인 불만을 그런 식으로 표현한 거겠죠.

**그래서 오 생원이 자꾸
밖으로 나가는군요?**

오 생원은 한창 혈기왕성
한 아들이 두렵기도 했을 겁니다.
힘으로 견주면 오 생원이 질 게 뻔하
니까요. 말싸움으로도 아내를 당해 낼
수 없고, 집안에서 아들의 존경은커녕 미
움을 받고 있는 오 생원으로서는, 아내가 말
다툼을 시작할라치면 차라리 그 자리를 피해
버리는 것이 최선이었을 겁니다. 대신 동리 사람
들한테는 존경을 받잖아요.

그렇다면 삼룡이는 오 생원에게 어떤 존재인가요?

삼룡이는 오 생원에게 아들 같은 존재예요. 아끼고 보살
펴 주고 아프면 더욱 애정을 기울이고 일도 쉽게 해 주잖아
요. 삼룡이는 부지런하고 충직하며 허튼 행동을 하지 않아요.
말을 못하지만 보통 사람들보다 오히려 눈치가 빠른 면도 많
고요. 삼룡이의 이런 모습이 오 생원과 많이 닮지 않았나요?

자수성가한 오 생원은 삼룡이를 보면서 자신의 모습을 많이
보았을 겁니다. 하나밖에 없는 아들은 망나니이지만 삼룡이
를 보면서 대신 위안을 삼았을 거예요.

작은 주인은 왜 그렇게 막돼먹었나요?
아버지가 자신보다 삼룡이에게 더 마음을 쓰는 것을 보면서 아
버지가 미웠을 거예요. 더불어 삼룡이도 미웠을 거고요.
작은 주인은 삼대독자예요. 태어나면서부터 귀하디귀
하게 길러졌을 겁니다. 그러니 그에게 이 세상은 모
두 눈 아래로 보였을 거예요. 즉, 안하무인이란 말
이죠. 어머니가 자기를 두둔하는 데다가 아버지는
이미 가장의 권위를 잃었고, 동리에서는 가장 존경
받는 집안이니 못된 버릇을 고칠 일이 없었네요.
술도 많이 마셔요. 이성적이기보다 감성적이고 우울
한 면이 많은 사람이 더 술을 즐겨 마신답니다. 그
리고 작은 주인은 전형적인 감성적 인물입니다. 감
정에 휘둘리는 사람이란 뜻이지요.

**작은 주인은 원래 그런 성격이라 색시한테도 막 하는
건가요?**
　그보다는 자신의 허물이 더 크게 느껴져서일 거예

요. 사람들이 색시와 자신을 비교하며 면전에서 자기를 나무라기까지 하니 미칠 노릇이죠.

작은 주인은 극단적인 성격 장애가 있는 사람이에요. 사람을 판단하는 기준은 좋거나 싫거나 가운데 하나죠. 건강한 성격을 지닌 사람은 타인의 단점에도 불구하고 그 사람을 있는 그대로 인정할 줄 알아요. 그런데 성격에 장애가 있는 사람은 자신의 허물을 남에게 뒤집어씌우는 경향이 있지요. 그래서 작은 주인은 자신의 허물을 고치지 않고 그것을 탓하는 사람을 미워하죠. 또 자신이 욕먹는 까닭을 아내 탓으로 돌리고 아내를 구박해요.

부시쌈지 사건 때문에 작은 주인이 삼룡이를 괴롭히는 것은 혹시 질투심 때문인가요?

성격이 극단적인 작은 주인에게는 타협의 여지가 없어요. 삼룡이가 자기 아내를 건드렸다고 생각하기 때문에, 삼룡이는 마땅히 죽어야 할 대상이지요. 작은 주인이 이렇게까지 펄펄 뛰는 것은 그동안 삼룡이를 감싸 왔던 아버지에 대한 반감도 작용했을 겁니다. 아버지가 자신을 못마땅하게 여기고 삼룡이를 기특하게 생각한다는 것쯤은 눈치채고 있었을 테니까요. 그래서 부시쌈지 사건은 삼룡이를 죽이거나 내쫓을 좋은 기회가 되었죠.

삼룡이를 매질하는 것이 가혹하게 묘사된 것은, 삼룡이에 대한 생사여탈권을 자기가 갖고 있다는 것을 확실히 알려서 여러 사람들 앞에서 그동안 땅에 떨어진 위신을 세우고 싶어 하는 마음의 표현입니다. 역시나 유치하죠.

말씀을 듣다 보니 주인아씨의 존재감이 없는데요?
가문은 훌륭하지만 이미 쇠락했고, 아버지도 돌아가셔서 어머니만 남은 상황에서 중매쟁이의 사탕발림에 속아 시집을 온 아씨는 철저한 희생양 구실을 하고 있군요.

마지막으로, 주인아씨에 대한 삼룡이의 마음은 어떤 건지 좀 말씀해 주세요.
삼룡이에게 아씨는 선녀 같은 존재예요. 그런 아씨가 자신과 똑같이 작은 주인에게 구박받는 것은 삼룡이가 볼 때 아주 이상하고 이해되지 않는 일이죠. 하늘의 별과 같은 선녀가 준 부시쌈지는 삼룡이에게 자신이라도 나서서 아씨를 구원해야겠다는 의무감을 부여합니다. 그 때문에 비록 죽을지라도 그런 영웅적인 행위를 통해 난생처음 당당한 인간이자 남자로 거듭나고 싶었을 거예요. 극심한 집안의 반대를 무릅쓰고 아주 어려운 환경에 놓인 사람과 결혼하는 사람들의 마음에 '내가 아니면 이 사람을 구할 길이 없다. 나라도 해야겠다.'라는 영웅 심리가 숨어 있는 것처럼 말이죠.

왜 못생긴 벙어리가 주인공인가요?

말 못하는 벙어리라고 오고 가며 주먹으로 허구리를 지르기도 하고 발길로 엉덩이도 찬다.

그러면 그 벙어리는 어린것이 철없어 그러는 것이 도리어 귀엽기도 하고 또는 그 힘없는 팔과 힘없는 다리로 자기의 무쇠 같은 몸을 건드리는 것이 우습기도 하고 앙징하기도 하여 돌아서서 방그레 웃으면서 툭툭 털고 다른 곳으로 몸을 피해 버린다.

삼룡이를 묘사한 위 글을 읽어 보면, '개'의 모습이 떠오릅니다. 주인이 발로 톡 차면 그래도 꼬리치면서 다른 곳으로 피하는 개의 모습.

또 소설에서 삼룡이가 하는 행동을 보아도 개의 속성이 드러납니다. 주인 아들에게 당하는 온갖 학대도 얼핏 잊어버리고, 만일 주인 아들에게 위험한 일이 닥치면 충견처럼 주인 아들을 위해 힘을 다하니까요. 다음 구절은 그대로 '개'라는 표현이 나옵니다. "벙어리는 죽은 개 모양으로 끌려 나갔다."

그런가 하면 주인아씨를 생각하면

서 "마치 살구를 보면 입 속에 침이 도는 것같이 본능적으로 느끼어지는 감정"은 본능에 충실한 반사적인 행동을 하는 개의 속성과 다르지 않아요.

이렇듯 작가는 의도적으로 삼룡이를 개의 모습에 빗대고 있어요. 왜 그랬을까요? 아마도 작가는 삼룡이가 개 같은 외모에 개 같은 대접을 받지만 그도 사랑을 하는 사람이라는 말을 하고 싶었나 봅니다.

이 소설의 작가인 나도향은 못생긴 외모 때문에 사랑에 실패한 사람입니다. 그는 살아생전에 가난, 폐병, 짝사랑이라는 세 가지 어려움을 겪었다고 하네요. 가난하고 아프고 사랑받지 못하는 그의 아픔을 어쩌면 삼룡이를 통해 나타내려고 했던 것은 아닐까요?

작가는 왜 삼룡이를
비극적으로 죽게 했나요?

삼룡이는 벙어리에 땅딸보이고, 얼굴이 얽었으며, 옴두꺼비 같습니다. 그리고 자신의 생각이나 감정을 제대로 표현하지도 못하죠. 하지만 이런 삼룡이가 아씨를 마음에 품게 돼요. 하지만 아씨는 양반의 딸이자 자기가 모시는 주인집 아들의 아내입니다. 그렇다고 사랑을 못하라는 법은 없어요. 그러나 문제는 그 사랑이 이루어질 수 없다는 것이죠.

삼룡이는 아씨에 대한 마음 때문에 주인 아들에게 맞고, 주인집에서 쫓겨나고, 그리고 끝내 죽음을 맞이해요. 그러니 삼룡이의 사랑은 고통스럽다 못해 비극적이라 할 수 있지요. 또 삼룡이의 사랑은 그가 사랑하는 아씨를 매 맞게 하고 아프게 합니다.

하지만 삼룡이의 사랑이 비극이라고만 할 수 있을까요?

아닙니다. 삼룡이의 사랑은 아름답기도 해요. 맞고 쫓겨나고 끝내 죽음을 맞이하지만, 그 죽음은 평화롭고 행복한 죽음이니까요. 사랑하는 사람을 제 손으로 구해 내었기 때문이지요. 사랑 한 번 해 보지 못하고 개처럼 살던 삼룡이가 사랑하는 마음을 알게 된 것만으로 삼룡이의 사랑은 아름답습니다.

삼룡이가 아씨를 사랑한 순간부터 삼룡이의 사랑은 비극입니다. 그래요, 세상의 눈으로 보면 그럴 수 있어요. 그러나 삼룡이가 아씨를 사랑한 순간부터 삼룡이는 한 인간이에요. 아무리 못나고 못났어도 사랑은 할 수 있어요. 현실에서 그 사랑이 이루어질 수 없더라도 말이죠. 이루어질 수 없다고, 죽음으로 끝났다고 그 사랑이 비극이라고 말할 수는 없어요. 삼룡이의 사랑이 아름다운지 비극적인지는 사랑을 어떻게 생각하느냐에 따라 다릅니다.

작가가 말하려는 것은 무엇인가요?

 전주 성심여자중학교 김옥진

〈벙어리 삼룡이〉는 누구나 읽어 봤을 만한 작품이다. 나는 〈벙어리 삼룡이〉를 초등학교 때 읽었다. 그 당시에는 내용에 대한 어떤 의문점도 없었고, 그냥 흥미 위주로만 보았다. 하지만 이번 기회에 다시 읽고, 다시 생각하게 되었다.

삼룡이는?

〈벙어리 삼룡이〉는 제목 그대로 벙어리인 삼룡이의 일들을 다룬 것이다. 오 생원 집에서 성실하고 듬직한 하인인 삼룡이는 삼대독자로 버릇없이 자란 그 집 아들(새서방)에게 어릴 때부터 괴롭힘의 대상이 된다. 세월이 흘러 그 집 아들이 예쁜 색시와 결혼을 하고, 삼룡이는 색시에게 완전히 마음을 빼앗겨 버린다.
삼룡이는 여자에게 인기 없는 외모에, 보잘것없는 하인에, 벙어리다. 하지만 그의 영혼과 성품은 순수하기만 하다. 주인 아들이 자신을 학대해도 삼룡이는 그 학대마저 운명으로 당연하게 여기고 받아들인다.

주인 아들은?

주인 아들은 비뚤어진 성격을 지닌 난폭한 인물이다. 이런 그가 혼기가 차서, 오 생원은 몰락한 양반의 딸을 돈을 주고 사 오다시피 하였다. 어쩌면 당연하다. 주인 아들과 같은 성품을 지닌 사람을 누가 지아비로 모시겠는가?

시집온 주인아씨는 양반 법도대로 행동에 조금의 어긋남이 없었다. 주인 아들은 그런 색시 때문에 다른 사람으로부터 싫은 소리를 듣게 되고 이를 색시 탓으로 여겨 무차별하게 폭력을 휘둘렀다.

삼룡이에게 주인아씨는?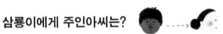

삼룡이에게는 선녀 같은 주인아씨가 자신처럼 개 취급을 당하는 것은 상상도 못할 일이었다. 인간으로서 취급도 받지 못하고 정욕도 사그라졌던 삼룡이는 아씨로 인해 인간 본연의 사랑과 열정을 느끼게 된 것 같다. 그러므로 그녀에게 자기의 목숨이라도 아끼지 않겠다는 의분이 넘치지 않겠는가?

아씨에게 삼룡이는?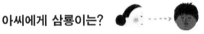

어느 날 주인 아들이 술에 취해 맞고 들어오자, 삼룡이가 그를 안으로 들여다 누인 일이 있었다. 그런 삼룡이가 고마운 아씨는 그에게 고마움의 표시로 부시쌈지를 하나 쥐어 주었다. 고마움의 표시로 준 작은 부시쌈지가 큰 화를 불러일으킨 건 그 당시 상황으로 보아 당연한 일이었다. 새서방의 열등감으로 인해 새서방과 아씨와의 사이가 계속해서 멀어지고 있는 상황에서, 신체적 불구를

겪고 있는 삼룡이에게 고마움을 표시한 아씨가 새서방 눈에는 죄
고 악이었다. 아씨는 그저 삼룡이가 고마웠을 뿐인데 말이다.

새서방에게 삼룡이와 아씨는?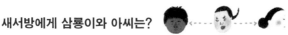

곱게 자라기만 한 아씨가 폭력을 당하고, 더 이상 살 이유가 없다
고 생각해서 자살을 결심했을 때 삼룡이가 격하게 말렸다. 삼룡이
는 아씨가 아니더라도 누군가가 그런 행동을 했더라면 말렸을 것
이다. 그런데 새서방 눈에는 그것이 또 화가 되었는지, 매질과 함께
삼룡이를 아예 쫓아낸다. 만약 내가 삼룡이였다면 새서방에게 당
하는 치욕을 도저히 참지 못하고 바로 나와 버렸을 것이다. 삼룡이
같이 든든하고 성실한 하인은 어디에서든 환영해 줄 텐데 말이다.
그런데 왜 삼룡이를 그렇게 아꼈던 오 생원은 삼룡이가 집에서 쫓
겨날 때 나와 보지도 않았을까? 이것은 도대체 누구를 위한 행동
이었는지 모르겠다.

삼룡이는 결국……

삼룡이는 결국 복수를 결심하고 불을 질렀다. 그리고 불 속으로 뛰어 들어가 오 생원을 구하고, 이불을 뒤집어쓰고 있는 주인아씨를 구했다. 난 아씨가 왜 죽으려고 했는지 이해가 된다. 만약 자신 혼자 살아 나갔다 하더라도 어느 누구도 반겨 줄 사람이 없다는 것을 아니까 그랬던 것 같다. 자신의 팔에 매달려 구해 달라고 애원하는 새서방을 내팽개쳤던 것은 그동안 쌓였던 삼룡이의 분노와 배신감을 생각해 보면 어쩌면 당연한 것이다.

불은 이루어질 수 없는 사랑에 대한 분노, 그리고 자신이 희생했던 주인집이 삼룡이에게 준 대가가 고작 쫓아내는 것이었다는 배신감이 합해져 한순간 폭발해 버린 삼룡이의 감정이라고 생각한다.

작가가 말하려는 것은?

결말은 비극인데 삼룡이는 웃음을 짓고 있었다는 점에서 약간 이상하기도 했다. 하지만 곧 삼룡이가 이성을 한 번도 접해 보지 못했다는 것이 생각났고, 게다가 그 이성이 삼룡이가 사랑하는 여인이라는 것을 생각해 보면 이해가 되기도 했다. 그 순간은 온 감정이 뒤섞여 있었을 것 같다. 색시가 살았다는 가정 하에서 삼룡이도 거기서 살게 됐으면 같이 친정집에 가서 평화롭지는 않겠지만. 그래도 삼룡이는 색시와 함께 있다는 것만으로도 행복했을 것이다. 따라서 그 의미심장한 웃음은 왠지 모를 쓸쓸함과 쾌감이 담겨 있는 웃음이라고 생각하고 싶다.

여러모로 많은 생각을 하게 한 내용을 담고 있는 〈벙어리 삼룡이〉였다. 우리가 흔히 말하는 장애인의 대표가 바로 삼룡이가 아닐까? 세상에 자연스럽게 물들지 못하는 사람들이 일반인보다 깨끗하고 순수한 영혼을 가지고 있다는 것을 삼룡이를 통해 보여 주고 있다는 생각이 든다.

작품 밖 세상 들여다보기

시대

작가

작품

독자

작가 이야기
나도향의 생애와 문학

시대 이야기
1920~1925년

엮어 읽기
'불'로 갈등을 해결하는 소설

다시 읽기
오늘날에도 삼룡이가 학대를 받을까요?

독자 이야기
〈벙어리 삼룡이〉, '이것이 이상하다'

나도향의 삶과 문학

1. 나도향 연보

- 1902년 서울 청파동에서 태어남.
- 공옥보통학교와 배재학당을 거쳐 배재고보를 졸업함.
- 1918년 경성의전에 입학하였으나 의학에 관심이 없었음.
- 1919년 할아버지의 장롱에서 돈을 훔쳐 일본으로 감. 문학을 공부하려고 했으나 할아버지가 학비를 부쳐 주지 않아 되돌아옴.
- 1920~1922년 계명구락부의 《계명》 편집위원, 안동보통학교 교사, 조선도서와 시대일보사 기자로 근무함.
- 1922년 《백조》에 단편으로 등단하여 작품 활동을 시작함.
- 1925년 다시 일본으로 건너갔으나 폐결핵이 악화되고 생활이 어려워져 다시 돌아옴.
- 1926년 서너 달 병을 앓다가 어성정 자택에서 사망함.

2. 사랑과 실연

호감을 줄 만한 외모를 지니지 못한 도향은 외모 콤플렉스가 있었던 듯합니다. 그의 작품들에서 알 수 있듯이 그는 자유연애 사상을 가지고 있었습니다. 그러나 정작 그 자신은 제대로 연애를 해 보지 못했습니다. 이태준의 회고담을 빌리면 그는 네 번의 사랑과 실연의 아픔을 겪었다고 합니다.

나도향은 네 번의 사랑과 실연의 아픔을 경험한 것으로 보인다. 첫 번째는 1920년 안동보통학교 교사로 있을 때로서, 그는 마쓰모토(松本)라는 일본인 여교사와 사랑에 빠졌다. 경북 안동을 배경으로 삼은 작품인 〈청춘〉은 자유연애를 부르짖던 한 청년이 그 사랑을 이루지 못하고 좌절과 분노에 못 이겨 살인과 방화로 끝을 맺는 소설이다. 두 번째는 1922년 무렵 '백조사'에 있을 때, 단심(丹心)이라는 기생과 꽤 깊이 사귀었다. 그러나 그녀가 다른 데로 팔려가는 바람에 그 사랑을 이루지 못했다고 한다.

- 정호,《마산에서 쓴 나도향의 '피 묻은 편지 몇 쪽'》

이어 1925년 마산에 머물 때 만난 여성(소설 속에 나타난 그 여성의 이름은 '장영옥'이었다.)을 사랑하게 되었답니다. 이 세 번째 사랑 역시도 슬프게 짝사랑으로 끝나고 맙니다. 자신의 처지, 즉 결핵의 심각성을 스스로 깨닫고 있었기 때문에 나도향은 자신의 사랑을 알리지도 못한 채 사랑하는 '장영옥'을 마산에 남겨 두고 헤어지고 맙니다.

네 번째는 1926년 일본에서 만난 최 모 양과의 사랑이었답니다. 그때 그는 그녀를 사이에 두고 진 모 씨와 경쟁하다가 돈의 위력에 밀려 끝내 실연당하고 말았다고 합니다. 가난과 폐결핵이라는 병이 그를 괴롭혔고, 그 여인 역시 도향에게 전혀 관심이 없어서 무참하게도 짝사랑으로 그치고 말았습니다.

이 짝사랑의 열병을 안고 고국으로 돌아온 도향은 몸도 마음도 만신

창이가 되었겠지요? 그의 병은 급성폐결핵으로 악화되었고, 더 이상 일본에 머물 까닭이 없어진 그는 1926년 6월경에 아무도 모르게 서울 집으로 돌아와 8월, 25세의 나이로 죽고 말았습니다. 그래도 그는 병상에서조차 문학 창작에 대한 열의를 보이며 짝사랑의 아픔을 소설로 승화해 내었습니다.

3. 작가로서의 삶

나도향은 배재고보를 졸업하고 경성의전에 입학하게 됩니다. 하지만 신문화 교육의 영향과 최남선, 이광수 등의 신문예 운동의 영향으로 나도향은 문학의 길을 가게 되었습니다. 배재고보 시절에《협성회보》의 편집에 참여하기도 하고, 교지《배재》에 글을 싣기도 했던 나도향은, 경성의전에 다닐 때에도 의사가 되는 데는 관심이 별로 없었으며 밤새워 시와 소설을 읽고 습작한 것을 신문에 투고해 보기도 하였답니다.

그러다가 경성의전 2학년 때 할아버지의 장롱에서 노자를 훔쳐 일본으로 도망쳤습니다. 본격적으로 문학 공부를 하려고 하였으나 가세가 기운 도향의 집(할아버지가 손자를 매우 괘씸하게 생각하셨다고 하네요.)에서 학비를 부쳐 주지 않아 다시 돌아왔답니다. 할아버지의 예술에 대한 몰이해는 그의 꿈을 좌절시켰고, 그로 인한 반항과 가출, 현실 도피와 비관 등이 감상적인 경향의 문학 작품으로 나타났답니다.

현진건, 홍사용, 이상화, 박종화, 박영희 등과 함께《백조》동인으로 참여한 그는 1922년《백조》창간호에 단편〈젊은이의 시절〉을 발표하면서 실제적인 작가 활동을 시작합니다. 초기에는 청년기의 감상에 젖은 소설을 발표하면서 일약 천재 작가로 군림하게 되는데, 대부분의 작품들이 눈물과 비애로 가득 찬 감상적 낭만주의 경향을 띤 것들이었습니다.

1923년에 〈여 이발사〉를 발표한 뒤부터 그의 작품은 사실주의 경향을 드러내면서 새로운 문학적 가능성을 엿보게 해 주었습니다. 이 시기에 집안 형편이 점점 어려워지더니, 1924년에는 할아버지가 돌아가시면서 가세가 완전히 기울어집니다. 아버지가 옹색한 집안에 약방까지 차려 나도향은 밖으로 나돌며 일정한 거취 없이 무절제한 생활을 하게 되지요.

1925년에는 그의 대표작이라고 할 수 있는 작품들이 발표됩니다. 7월에 〈벙어리 삼룡이〉, 9월에 〈물레방아〉, 12월에 〈뽕〉을 발표하였습니다. 1925년 말에 그는 문학 수업을 위해 다시 일본으로 갔으나 돈 한 푼 없이 가난, 폐병, 짝사랑의 삼중고 속에 시달리다 귀국하여 결국 사망하고 맙니다.

그의 사망 후에 장편 〈어머니〉와 정리되지 않은 장편 〈뒷치려 할 때〉가 발표되었으며, 몇 편의 시와 유고 산문 〈그믐달〉 등이 남겨졌습니다.

청년과 지식인들에게 사회주의 바람

요즘 청년과 지식인들 사이에 사회주의 붐이 생겨 각종 단체들이 잇따라 만들어지고 있다. 사회주의의 바람은 연해주, 만주, 상해 등지와 일본 도쿄에서 불어오고 있다. 일본은 현재 사회주의 운동이 활발히 일어나고 있는데, 우리 유학생들이 일본의 사회주의 단체에 개별적으로 참가하면서 사회주의와 첫 접촉이 시작되었다. 이후 유학생들 사이에서 사회주의 사상단체를 조직하려는 움직임이 일어났으며, 이러한 바람은 국내에도 밀려들어 국내 사회주의 붐을 선도하고 있다.

사회주의란 유럽에서 발생한 것으로, 노동자들의 계급 해방을 통해 인간 해방을 이루려는 사상을 말한다. 노동자 계급의 성장이 부진한 우리 실정에서 사회주의 사상은 걸맞지 않은 것 같기도 하다. 하지만 우리 청년들은 일본의 식민지 지배는 본질적으로 자본주의에 의한 지배라고 생각하기 때문에, 이를 극복하기 위해 사회주의 사상을 부르짖는 것으로 보인다.

맹아협회 조직

요사이 여러 유지의 주선으로 '맹아협회'라는 단체가 조직되었다. 맹아협회 사무소는 시내 천연동 98번지 제생원 안에 있는데, 광명을 보지 못하는 장님과 말 못하는 벙어리 등 가련한 불구자를 위하여 지식을 보급하는 게 목적이라고 한다.

용산 파리잡이

용산경찰서에서는 오는 6월 1일부터 관내의 여름 위생을 청결하게 하기 위하여 파리 잡는 날을 정하고 작년과 같이 실행할 것이라고 한다. 작년에는 파리가 생기기 쉬운 돼지우리와 기타 불결한 곳을 소독하게 하였으나, 금년에는 마구간 등을 더욱 주의시킬 것이라며, 동서 관내에서는 말 먹이는 자가 많음으로 이에 대한 주의를 각별히 시킬 터라고 한다. 이를 위해 오래된 막사의 설비, 오물 처치, 약품 살포, 기타의 주의 등 네 가지 조건을 갖추어 여러 곳에 배부하였다 한다.

조직화하는 형평운동

일반 사회에서 사람다운 사람의 대우를 받지 못하고 갖은 압박을 받아 오던 전 조선 삼사십만의 소위 백정 계급은 "우리도 사람이다" 하는 부르짖음으로 사회평등의 일대 운동을 경상남도 진주에서 일으켰다. 이 운동은 점점 구체적으로 확대되어, 형평사를 조직하고 전 조선의 같은 계급을 망라하여 조직적으로 운동을 일으키려고 여러 가지로 협의한 뒤에 우선 간부 네 명이 대구 등 각지를 순회하고 특수 계급을 가가호호 방문하여 갖은 조사를 시작하는 동시에 한편으로 일치단결을 부르짖고 각지의 대표자를 모아서 진주에서 성대한 형평사 창립 축하회까지 개최하기에 이르렀다.

낫으로 살인

광주군 서창면에 사는 김용훈의 집에서 머슴살이를 하는 김창옥은 지난 19일 오전 8시 경에 주인의 명령을 받아 집 근처에서 꼴을 베다가 그 옆에 있는 참외밭으로 가서 참외 한 개를 따서 먹는 것을 또한 꼴을 베러 나왔던 김충곤의 장남 김찬석 외에 세 아이가 보고는 달려와서 "남의 참외를 어찌하여 훔쳐 먹느냐?" 하며 여러 번을 따진 결과 창옥은 화가 나서 풀을 베려던 낫으로써 불시에 찬석의 가슴을 쳐서 즉사시켰다. 하지만 가해자는 소년이라서 법률의 제재는 없겠다더라.

생활난에 중국인과 결혼 이민 늘어

갈수록 생활난이 심해지면서 인천에서는 살기 위해 중국인에게 시집가 중국으로 건너가는 여성들이 늘고 있다. 대개 남편이 죽거나 불량하여 생활이 어려운 여성들이 돈 많은 중국인과 결혼하는데, 이들은 곧 남편을 따라 중국으로 건너간다고 한다. 요즈음 인천경찰서에는 이런 여성들이 매일 여러 명씩 신고를 한다는 소식인데, 이들은 중국으로 건너가 큰 불행을 당하는 경우가 많다고 한다. 불량한 중국인들이 한국인 여성을 유혹하기 위해 처음에는 호사스런 의복을 사 주는 등 돈을 물 쓰듯 하지만 중국으로 데려가서는 거금을 받고 다른 사람에게 팔아넘긴다는 것이다.

크리스마스 때 가정에서 하는 놀이

우리나라 아이들은 설날이 돌아오기를 손꼽아 기다리지만 서양 아이들은 크리스마스가 돌아오기를 손꼽아 기다린다. 미국 같은 나라에서는 예수를 믿는 사람이나 그렇지 않은 사람이나 이날을 큰 명절로 알고 지키는 것이다. 명절을 지키는 특별한 형식이 없지만 이 명절을 지키는 특별한 형식은 있다고 한다.

대개 미국에서는 가정에서 지키는 크리스마스 날이 24일이라고 한다. 그날은 집을 잘 치우고 여러 가지 꽃을 꽂는 등 집 안을 잘 장식한다. 더군다나 이날의 특별히 하는 일은 크리마스트리를 세우는 것이다. 만일 집이 가난하여 밥술도 못 먹는 집 아니고는 집집마다 이것을 세우는 것이다. 이 나무를 어디다 세우는고 하니 마당이나 뒷간 같은 데 세우는 것이 아니라 그 집 가운데 가장 크고 사람이 많이 드나드는 방에다 세운다. 크리스마스트리를 중심으로 온 가족이 모여 저녁을 잘 차려먹는 것이다. 저녁을 먹은 다음에는 여흥을 한다고 한다.

그 여흥으로 대개 집집마다 공통적으로 하는 것이 산타클로스가 선물을 가지고 들어오는 것이다. 종소리가 땡땡 나면 머리에 붉은 수건을 쓰고 흰옷을 입고 얼굴에 주름살이 많고 흰수염이 많은 노인이 선물을 끼고 들어오는데, 그 들어오는 길은 어디로부터 들어왔는지 모르게 한다고 한다. 그리하여 어린아이에게 선물을 나누어 주는데, 이 여흥이 어린아이에게는 큰 흥미를 준다고 한다.

물산장려운동 선전문 확정

1923년 2월 16일. 물산장려를 알리는 시위 행렬에 앞서 선전문이 확정되었다. 물산장려회에서는 이 선전문을 대량 인쇄해서 배포하기로 했다. 선전문은 작년 12월 1일 조선청년연합회가 현상 모집한 표어를 표제로 해서 만들었다. 현상 모집에 당선된 표어는 일곱 가지인데, '내 살림 내 것으로', '내 살림 내 것', '조선 사람 조선 것', '조선 사람 조선 것으로', '우리는 우리 것으로 살자', '우리 것으로만 살기', '불매원물(不賣遠物)·유토물애(惟土物愛)'였다.

최초의 극영화 〈월하의 맹서〉

체신국에서는 우편과 저금을 장려하고 보급하기 위하여 여러 가지 노력을 해왔다. 그러던 중 이번에는 새로이 경비 1700여 원을 들여, 조선인 배우 15명을 출연시켜 경성과 인천을 배경으로 〈월하의 맹서〉라는 활동사진을 만들었다. 그래서 그저께 밤에 시내 경성호텔에서 각 신문사와 통신사 기자와 관계자 백여 명을 초대하여 그 필름의 시험 영사를 하였다. 윤백남 군이 만든 〈월하의 맹서〉는 2000척의 긴 사진으로, 내용이 매우 잘되어 크게 갈채를 받았으며 그 필름은 경성을 비롯하여 각 지방으로 가지고 다니며 저금을 선전할 것이라고 한다.

공중 화장실도 민족 차별

25만 명이 넘는 사람들이 살고 있는 서울에 공중 화장실이 변변치 않아 경성부에서는 기존 공중 화장실을 고치는 한편, 일본 사람이 많이 사는 곳에 새로 공중 화장실을 만든다고 한다. 이 소문을 들은 사람들은 일본 사람은 똥도 먼저 누는 거냐며 불평이 대단하다.

파업과 소작쟁의 잇따라

1920년대 들어 부산의 부두 노동자가 파업을 벌이고 순천의 농민들이 소작인 대회를 여는 등 노동자와 농민의 동향이 심상치 않게 전개되고 있다. 이는 식민지 경제 체제가 결국 노동자와 농민에게 극심한 생활고만 가져다주었다는 반증으로 해석되고 있다. 소작 농민들은 토지 조사 사업으로 경작권마저 빼앗기면서 생활 여건이 급격히 나빠지고 있고, 노동자들은 극도의 저임금에 시달리고 있다. 일제 당국은 시국 불안정에 대해 신경을 곤두세우면서도 뾰족한 대책을 찾지 못하고 있다.

'불'로 갈등을 해결하는 소설

현진건의 〈불〉(1925)

현진건의 소설 〈불〉을 보면, 주인공인 순이가 자신의 고통을 해결하기 위해 불을 지르고 활활 타오르는 불길을 보며 기뻐하면서 끝납니다.

> 온전히 그 '원수의 방' 때문이다. 만일 그 방만 아니면 남편이 또한 그 눈물을 씻어 주고 나갈 따름이다. 그 방만 아니면 그런 고통을 주려야 줄 곳이 없을 것이다. 고 원수의 방을 없애 버릴 도리가 없을까? 입때 방을 피하려다가 뜻을 이루지 못한 순이는 인제 그 방을 없애 버릴 궁리를 하게 되었다.
>
> 밥이 보그르르 넘었다. 순이가 솥뚜껑을 열려고 일어섰을 제 부뚜막에 얹힌 성냥이 그의 눈에 띄었다. 이상한 생각이 번개같이 그의 머리를 스쳐 간다.
>
> 그는 성냥을 쥐었다. 성냥 쥔 그의 손은 가늘게 떨렸다. 그러자 사면을 한 번 돌아볼 겨를도 없이 그 성냥을 품속에 감추었다. 이만하면 될 일을 왜 여태껏 몰랐던가 하면서 그는 싱그레 웃었다.
>
> 그날 밤에 그 집에는 난데없는 불이 건넌방 뒤꼍 추녀로부터 일어났다. 풍세를 얻은 불길이 삽시간에 온 지붕에 번지며 훨훨 타오를 제

뒷집 담 모서리에서 순이는 근래에 없이 환한 얼굴로 기뻐 못 견디겠다는 듯이 가슴을 누근거리며 모로 뛰고 세로 뛰었다.

이 소설 속 주인공 순이는 열다섯 살에 시집와서 쉴 틈 없이 집안 일만 해요. 게다가 밤이면 남편과 잠자리 때문에 힘겨워하죠. 남편 때문에 제대로 잠을 잘 수도 없으니 밤낮으로 쉴 틈이 없는 셈입니다. 시어머니는 새벽같이 순이를 깨워 일을 시킵니다. 쇠죽을 끓이는 것부터 시작하여 아침밥을 짓고 그다음에는 물을 길어 나르는 등 열다섯 살 순이에게는 참 힘든 집안일들이에요. 여러분과 같은 또래 이니 얼마나 힘이 들었을지 쉽게 상상할 수 있을 겁니다. 게다가 시어머니는 걸핏하면 순이에게 매질까지 해요. 이런 고통스러운 현실에서 벗어나기 위해 마침내 순이는 불을 지르게 됩니다.

순이는 불을 지른 뒤에 타오르는 불길을 보면서 기뻐해요. 왜냐하면 자기를 괴롭혔던 모든 것들이 타 버리니 앞으로는 이전과 같은 고통을 겪지 않아도 된다고 생각하기 때문이죠. 그러니까 이 소설에서 불은 순이를 고통에서 해방시켜 주는 존재라고 할 수 있어요.

최서해의 〈홍염〉(1927)

이 소설에서 불은 '철통같은 성벽'을 무너뜨리기 위해 등장해요. 소작 농으로 10여 년을 넘게 살아온 문 서방은 더 이상 희망이 보이지 않자 아내와 딸을 데리고 서간도로 이주하여 중국인 지주인 인가의 소작인이 돼요. 그러나 겹친 흉년으로 소작료를 내지 못하자 평소 문 서방의 딸 용례를 욕심내던 인가는 이를 기회로 용례를 빼앗아 갑니다. 이에 병이 난 문 서방의 아내는 죽어 가면서 용례를 보고자 하였으나 인가는 끝내 거절해요. 결국 문 서방의 아내는 딸의 이름을 부르며 피를 토하고 죽습니다. 이에 절망하고 분노한 문 서방은 인가의 집에 불을 지르고 인가도 죽이고 말죠.

불을 질러 놓고 뒷 숲속에 앉아서 내려다보는 그 그림자 – 딸과 아내를 잃은 문 서방은,

"하하하……."

시원스럽게 웃고 가슴을 만지면서 한 손으로 꽁무니에 찼던 도끼를 만져 보았다.

일 동리 사람들과 인가의 집 일꾼들은 불붙는 데 모여들었으나 모두 어쩔 줄을 모르고 떠들고 덤비면서 달려가고 달려올 뿐이었다.

그러는 사이에 울타리는 물론 울타리 속에 엉큼히 서 있던 큰 집 두 채도 반이나 타서 쓰러졌다.

이런 불 속으로부터 여러 사람이 오고 가는 밭 가운데로 튀어나가는 두 그림자가 있었다. 하나는 커단 장정이요, 하나는 작은 여자이다. 뒷간 숲에서 이것을 본 문 서방은 그 두 그림자를 향하여 내리뛰었다. 그는 천방지방 내리뛰었다. 독살이 잔뜩 올라서 불빛에 번쩍이는 그의 눈에는 이 두 그림자밖에는 아무것도 보이지 않았다.

"으윽 끅."

문 서방이 여러 사람을 헤치고 두 그림자 앞에 가 섰을 때 앞에 섰던 장

정의 그림자는 땅에 거꾸러졌다. 그때는 벌써 문 서방의 손에 쥐었던 도끼가 장정 인가의 머리에 박혔다. 도끼를 놓은 문 서방의 품에는 어린 여자의 그림자가 안겼다. 용례가…….

그 바람에 모여 섰던 사람들은 혹은 허둥지둥 뛰어 버리고 혹은 뒤로 자빠져서 부르르 떨었다. 용례도 거꾸러지는 것을 안았다.

"용례야! 놀라지 마라! 나다! 아버지다! 용례야!"

문 서방은 딸을 품에 안으니 이때까지 악만 찼던 가슴이 스르르 풀리면서 독살이 올랐던 눈에서 뜨거운 눈물이 떨어졌다. 이렇게 슬픈 중에도 그의 마음은 기쁘고 시원하였다. 하늘과 땅을 주어도 그 기쁨을 바꿀 것 같지 않았다.

그 기쁨! 그 기쁨은 딸을 안은 기쁨만이 아니었다. 적다고 믿었던 자기의 힘이 철통같은 성벽을 무너뜨리고 자기의 요구를 채울 때 사람은 무한한 기쁨과 충동을 받는다.

불길은-그 붉은 불길은 의연히 모든 것을 태워 버릴 것처럼 하늘하늘 올랐다.

문 서방이 불을 지른 것은 인가에게 복수하려는 마음에서 비롯된 것이에요. 딸과 아내를 잃고서도 아무것도 하지 못하는 자기 자신에 대한 절망과 그 절망을 딛고 무엇인가를 해야 한다는 마음도 있었을 테고요. 그래서 불을 질렀고, 아무것도 하지 못하는 무능한 자신이 인가와 자신 사이에 놓인 그 철통같은 성벽을 무너뜨리게 된 것에 기뻐합니다. 모든 것을 태워 버릴 것처럼 타오르는 불길을 보며 문 서방은 참으로 기쁘고 시원했을 겁니다.

오늘날에도 삼룡이가
학대를 받을까요?

오늘날에도 장애인 인권이 침해를 받고 있어요. 그렇다면 삼룡이처럼 당하고만 있어야 할까요?

삼룡이가 오늘날을 살아간다면 어떤 법의 보호를 받을 수 있을지 알아봅시다. 그러기 위해 먼저 삼룡이가 어떤 대우를 받았는지 살펴봅시다.

- 언제든지 '벙어리', '벙어리'라고 하든지 그렇지 않으면 '앵모', '앵모' 한다.
- 말 못하는 벙어리라고 오고 가며 주먹으로 허구리를 지르기도 하고 발길로 엉덩이도 찬다.
- 낮잠 자는 벙어리 입에다가 똥을 먹일 때도 있었다.
- 자는 벙어리 두 팔 두 다리를 살며시 동여매고 손가락과 발가락 사이에 화승불을 붙여 놓아 질겁을 하고 일어나다가 발버둥질을 하고 죽으려는 사람처럼 괴로워하는 것을 보고 기뻐하였다.
- 자기의 주인 아들이 때리고 지르고 꼬집어뜯고 모든 방법으로 학대할지라도……
- 주인 새서방님에게 물푸레로 얼굴을 몹시 얻어맞아서 한쪽 뺨이 눈을 얼러서 피가 나고 주먹같이 부었다.

- 채찍으로 그의 뒷덜미를 갈겨서 그 자리에 쓰러지게 하였다.
- 벙어리는 온몸이 짓이긴 것이 되어 마당에 거꾸러져 입에서 피를 토하며 신음하고 있었다.
- 그 곁에서는 새서방이 쇠좆몽둥이를 들고서 문초를 한다.
- 새서방은 채찍 끝에 납 뭉치를 달아서 가슴을 훔쳐 갈겼다가 힘껏 잡아 뽑았다.

좀 지나치다 싶지요? 삼룡이가 이런 대우를 받았던 까닭은 그가 벙어리일 뿐 아니라 형편없는 외모를 가졌기 때문이에요.

우리나라는 2008년 4월 11일부터 '장애인차별금지 및 권리구제 등에 관한 법률'이 시행되었어요. 그렇다면 삼룡이가 받은 대우는 이 법률 가운데 어떤 것을 바탕으로 보호를 받을 수 있는지 살펴봅시다.

삼룡이는 스물세 살이 될 때까지 이성과 사귈 기회가 없었습니다. 그에게도 이성을 사랑하고 싶은 마음이 있었겠지만, 자신의 처지 때문에 마음을 접고 있었을 것입니다. 그러니까 삼룡이는 '성에 관한 권리'나 드러내고 누릴 '성적 자기결정권'을 가지지 못한 것이지요. 이런 점은 위의 법률 가운데 다음 내용에 어긋난다고 할 수 있어요.

제29조(성에서의 차별 금지)
장애인은 임신, 출산, 양육, 입양에 있어 장애를 이유로 차별받아서는 안 되며, 성에 관한 권리 및 이를 표현하고 향유할 수 있는 성적 자기결정권을 가집니다.

또 삼룡이는 작은 주인에게는 얻어맞고, 벙어리라는 까닭으로 모욕당하고, 동리 사람들한테 '앵모'라고 놀림까지 당합니다. 그리고 오 생원 집에 있는 동안, 먹고 자는 것 말고는 어떤 대가도 받지 못해요. 이런 점은 다음 내용에 어긋난다고 할 수 있습니다.

제32조(괴롭힘 등의 금지)
장애인은 모든 폭력으로부터 자유로울 권리를 가지며, 누구든지 장애를 이유로 모욕감을 주거나 비하하거나 학대 및 금전적 착취를 해서는 안 됩니다.

그러니까 오늘날이라면, 삼룡이는 차별을 당했거나 피해를 받은 내용을 국가인권위원회에 이야기할 수 있는 것이죠. 그렇게 하면 국가인권위원회는 차별을 하거나 피해를 입힌 사람에게 다시는 그렇게 하지 못하도록 말할 수 있어요. 만약 그 말을 지키지 않을 때에는 법무부장관이 지키라는 명령을 내릴 수 있어요. 이 명령마저 어길 때에는 3000만 원 이하의 과태료를 물릴 수 있습니다.

또한 법원은 위의 법률에서 금지한 차별 행위를 하거나 그 행위가 악의적인 때에는 3년 이하의 징역 또는 3000만 원 이하의 벌금에 처할 수 있어요. 그리고 차별 때문에 손해가 발생한 때에는, 차별을 한 사람이 피해를 입은 사람에게 손해배상을 해야 합니다.

하지만 예전처럼 오늘날도, 당하는 사람들 대부분은 여러 가지 이유 때문에 저항하지 못합니다. 소설 속에서 삼룡이도 마찬가지죠. 따라서 삼룡이가 받는 이런 차별 대우를 멈추기 위해서는 삼룡이에게 마음을 가장 많이 써 준 오 생원이 차별을 금지하도록 나서 주어야 했습니다.

하지만 소설 속에서 보면 오 생원은 삼룡이를 예뻐하고 기특해 하기는 하지만 그 이상은 아니었습니다. "집 주인은 벙어리를 위해 주며 사랑한다. 혹시 몸이 불편한 기색이 있으면 쉬게 해 주고, 먹고 싶어 하는 듯한 것은 먹이고, 입을 때 입히고, 잘 때 재운다."라고 합니다. 하지만 삼룡이를 못살게 구는 자기 아들의 행동에 대해서는 모른 척합니다. 그 대신 오 생원은 삼룡이에게 전보다 많은 밥과 음식을 주고 더 편하게 해 주었다고 합니다.

학대로 몸과 마음이 아픈 삼룡이에게 밥과 음식을 더 주고 편하게 해 주는 것이 진정 삼룡이를 위하는 것인지 생각해 보아야 합니다. 어쩌면 오 생원은 삼룡이를 인간이 아닌 집에서 기르는 기특한 동물 정도로만 생각한 것은 아닐까요?

여기서 잠깐! 소설에서는 삼룡이를 '벙어리'나 '병신'으로 표현했는데, 이런 말들 속에는 낮잡아 이르는 뜻이 있으니 쓰지 말아야겠지요. 요즘으로 보면 삼룡이는 청각 장애와 언어 장애의 중복 장애가 있다고 할 수 있겠네요. 삼룡이에게 복지카드가 있다면 '청각 언어 장애 1급'이지 않았을까 생각해요. 물론 전문의의 판정이 있어야겠지만요.

이렇게 생각해 볼 수 있는 근거요? 새색시가 부시쌈지를 만들어 준 것을 알고 주인 아들이 새색시를 몹시 때렸을 때, 벙어리는 새색시를 둘러메고 주인 영감에게 가서 손짓과 몸짓을 열 번 스무 번 거푸하여 하소연했다 했어요. 발성이 불가능한 경우는 언어 장애가 있는 것이고 장애 등급은 3급 1호입니다. 또 사람들이 놀리는 말도 전혀 듣지 못하고, 계집 하인과 의사소통을 하는 것이 자연수화인 것으로 보아 그는 청력 장애가 있어요. 청력 장애는 병원에서 정확한 검사를 통해 확인받을 수 있어요. 두 귀의 청력 손실이 각각 90데시벨 이상인 경우 장애 등급 2급을 받을 수 있어요. 청력 장애 2급, 언어 장애 3급의 중복 장애의 경우에는 장애 등급이 1급이 됩니다.

다음과 같이 삼룡이 복지카드를 만들어 주면 어떨까요?

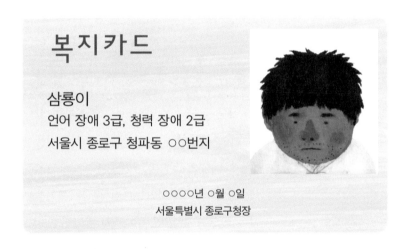

그렇다면 삼룡이가 오늘날 우리 사회에 살고 있다면 어떤 혜택을 받을 수 있을지 알아볼까요?

삼룡이는 가족도 재산도 없는 저소득 중증 중복장애인이므로 2010년 제정된 장애인연금법에 의해 장애인연금이 장애수당과 함께 지급됩니다. 만약 삼룡이가 오 생원 집에서 나올 경우 장애인 자립자금 1500만 원까지를 연리 4퍼센트로 빌릴 수 있습니다. 물론 의료비도 지원받을 수 있습니다. 1차 의료 급여 기관 진료는 본인 부담금 1000~1500원 중 750원을 지원받고 2차, 3차 의료 급여 기관 및 국공립 결핵병원 치료의 경우 본인 부담 진료비 15퍼센트 전액과 의료 급여 적용 보장구 구입 시 상한액 범위 내에서 본인 부담금 15퍼센트 전액을 지원받습니다.

자동차를 구입할 경우에도 몇 가지 혜택을 받을 수 있겠지만, 삼룡이의 처지로서는 어렵겠지요? 혹시 삼룡이가 철도나 도시철도를 이용할 경우, 삼룡이와 그의 보호자에 한해 철도는 50퍼센트, 도시철도는 100퍼센트 감면을 받습니다. 아, 비행기나 배를 탈 경우도 50퍼센트 할인을 받습니다. 또한 고궁이나 능원, 국공립박물관 및 미술관, 국공립 공원, 국공립 공연장, 공공 체육시설을 이용할 경우 요금을 감면받을 수 있습니다. 전화와 이동통신 요금도 30~50퍼센트 정도, 인터넷 요금도 기본 정보 이용료 30~40퍼센트를 할인받을 수 있습니다. 청각 장애인인 삼룡이는 TV 수신료도 전액 면제입니다. 전기 요금도 20퍼센트 감면받을 수 있답니다.

혜택이 꽤 많지요? 그러나 만약 삼룡이가 자립하고자 한다면 참으로 부족하기 짝이 없답니다. 이런 사회 제도도 문제지만 그보다 더 큰 문제는 사회의 인식이에요. 우리 주변에 장애가 있는 사람에 대한 관심과 사랑이 가장 큰 사회보장이 될 것입니다.

⟨벙어리 삼룡이⟩, '이것이 이상하다'

이야기를 이끌어 가던 '나'가 갑자기 사라져요. (김다혜)

처음에는 이야기를 이끌어 나가는 사람이 '나'이다. 서술자인 '나'가 동리도 소개하고 오 생원도 소개하다가, 삼룡이를 소개하면서 '나'가 사라진다. 그냥 처음부터 작가가 직접 하면 되는데 왜 '나'가 등장하다 없어졌는지 궁금하다.

아마도 '나'를 통해서는 삼룡이의 감정을 확실히 드러내기 어려워서 그랬을 것 같다. 삼룡이뿐만 아니라 작은 주인, 아씨의 감정도 전달하기 어려워서 그랬을 것이다. 이렇게 추측할 수 있지만 그래도 궁금하다. '나'를 통해서 전달할 수 없었다면 고쳐서 발표하면 되었을 텐데. 아직도 이해가 안 된다.

지호 '나'가 이야기를 이끌어 나가면 그 이야기가 진짜인 것처럼 생각된다. 그래서 앞부분에 이야기를 이끌어 가는 '나'를 만든 것 같다. 그러다 '나'로는 이야기를 풀어 가지 못해서 작가가 직접 이야기를 이끌어 간 것 같다.

다현 지금으로 보면 이상하지만 선생님 말씀처럼 그때가 현대 소설이 이제 막 쓰이던 시기이니까 서술자가 바뀌는 게 중요한 것은 아닌 것 같다. 읽는 데도 그리 어색하지 않다.

오 생원 집은 한옥인데 어떻게 지붕으로 올라갈 수 있을까요?

(김지호)

불이 난 상황에서는 한옥 지붕 위로 올라가는 것은 불가능하다. 작가도 이 사실을 알았을 텐데 왜 이렇게 표현했을까?

지붕은 가장 높은 곳에서의 끝과 새로운 시작을 의미하는 것 같다. 그래서 굳이 현실성이 떨어져도 이렇게 표현한 것 아닐까. "새아씨를 자기 가슴에 안았을 때 그는 이제 처음으로 살아난 듯하였다"는 표현을 보고 생각한 것이다.

그런데 지붕에 올라간 것이 아니라면 어디에 있었을까? "집은 모조리 타고 벙어리는 새아씨 무릎에 누워 있었다"는 부분에서 추측해 볼 수 있다. 집이 모조리 탔으니 집 안은 아닐 텐데, 어딜까?

연진 작가가 모를 리는 없다. 아마도 상상적인 표현이 아닐까? 앞에서 지호가 이야기한 것처럼 지붕의 의미를 상징화하려고 그런 것 같다.

다현 죽음을 걸고 아씨를 구하는 삼룡이의 모습을 영웅으로 과장하여 표현하려다 보니 현실감이 없는 표현이 된 것 같다. 그래도 이런 표현이 있어 가슴에 남는다.

다혜 어찌 됐건 그래도 이 부분이 가장 이상하다. 어떤 의도가 있어도 소설이라면 현실감이 있어야 한다.

삼룡이가 소리를 들었다 못 들었다 해요. (김다현)

삼룡이는 벙어리면서 귀머거리로 나온다. 그래서 동리 사람들이 삼
룡이를 벙어리 또는 앵모라고 하지만 삼룡이는 그 소리를 듣지 못
한다. 그런데 뒤에서 주인 새서방이 삼룡이를 내쫓을 때 "가! 인제
는 우리 집에 있지 못한다."라고 하자 "이 소리를 듣는 벙어리는 기
가 막혔다."라고 한다.

　이것은 아마 작가의 실수가 아닐까 한다. 주인 새서방은 그의 입
던 옷과 신을 주며 눈을 부릅뜨고 손을 멀리 가리키며 벙어리에게
나갈 것을 요구하였다. 삼룡이는 그의 손동작을 보고 알아들은 것
인데, 작가의 실수로 벙 어리가 들을 수 있는 것처럼 쓴 것 같다.

지호　분명히 앞부분에서는 못 듣는다. 그런데 뒤에서는 분명히 들
　　　는다. 그러면 안 된다.
연진　눈치로 알아채는 것을 듣는 것처럼 표현한 것은 아닐까?
다혜　나도 그렇게 생각한다. 작가의 치밀성이 부족한 것 같다. 작가
　　　가 이 작품을 쓴 때의 나이를 보니까 젊다.

삼룡이가 불을 지른 것 같은데 왜 오 생원을 먼저 구했을까요? (이나라)

내 추측으로는 삼룡이가 화가 나 불은 질렀지만 그래도 벙어리인 자신을 믿어 준 주인께 정말 감사하다고 생각하며 복종한다. 그가 불을 지른 것도 주인 아들이 자신을 인간 취급을 안 하고 심하게 때리니까 홧김에 불을 질렀을 것이다.

오 생원은 삼룡이가 내쳐질 때 가만히 있었지만 삼룡이에게는 부모와 같은 존재이며 색시를 만나기 전까지 삼룡이가 살아가는 이유였을 것이다. 그래서 그는 아씨를 정말 사랑하지만, 오 생원은 그의 인생의 주인이었기 때문에 그를 가장 먼저 구했을 것이다.

유민   나도 나라 언니처럼 생각한다. 홧김에 불은 질렀지만 오 생원은 삼룡이에게 중요한 사람이다. 그리고 주인 아들이 미운 거지 오 생원이 미운 것은 아니다.

정연   나도 비슷한 생각이다. 오 생원은 아버지 같은 존재이다. 그러니 먼저 구할 수밖에 없었을 것이다.

지호   맞다. 그때는 본능적으로 움직일 수밖에 없었을 테니까 당연히 오 생원을 먼저 구할 수밖에 없었을 것이다.

나라   삼룡이게는 오 생원이나 아씨 둘 다 중요하다. 그래서 둘 다 구한 것이다. 다만 오 생원이 있던 곳이 가까우니 먼저 구한 것이다.

오 생원의 성격이 이상해요. (하연진)

오 생원은 소설의 시작 부분에 상세하게 표현되어 우리의 관심을 끈
다. 그러나 오 생원의 아들이 결혼을 하면서 비중이 확 줄어든다.

　오 생원의 성격 또한 아주 특이하다. 특이하다 못해 이상하다. 처
음 오 생원의 성격은 착하고 인자하며 부지런한 중년의 노인으로 나
오지만 아들을 혼내지 못하는 우유부단한 성격으로도 나온다. 특히
삼룡이가 아들에게 당하고 있을 때나 색시가 당하고 있을 때 아무것
도 못한 걸로 봐서는 아무 능력 없는 무능력한 아버지의 모습이다.

　어떤 모습이 진짜 모습인지 헷갈린다. 인심 좋은 양반이라 불리기
위해 자신에게 없는 모습까지 보여 주는 어른? 자기 아들은 어찌 되
던 상관하지 않는 무책임한 아버지?

정연　앞에서 토론한 서술자와 관련이 있지 않을까? 밖에서 볼 때는
　　　좋은 사람이지만 집 안에서의 행동은 별로인 그런 사람도 있
　　　지 않나? 앞에서 '나'가 서술할 때는 그래서 좋은 사람으로 보
　　　였지만 실제로 집에서는 그렇지 않은 사람임을 표현하려고 한
　　　것은 아닐까?
유민　오 생원의 성격이 크게 문제가 되는 것은 아니다. 사람 됨됨이
　　　는 좋지만 우유부단한 사람이 있다. 특히 자식에게. 그 정도의
　　　사람이지 않나? 난 오 생원이 그리 이상하게는 안 보인다.

주인 아들은 아내가 삼룡이에게 부시쌈지 준 것을 어떻게 알았을까요? (서유민)

좀 이상하기는 하지만 잘 살펴보면 알 수도 있다는 생각이 든다. 술이 취했다는 말은 나왔지만 '잠이 들었다'라는 말은 나오지 않는다. 술이 취한 상태에서 얼핏 본 것은 아닐까? 아니면 주인 아들이 그날 밤에 자고 있어서 그 광경을 못 봤다 해도 부시쌈지를 그날 준 것이 아닐 수도 있다. 그렇다면 아내가 삼룡이에게 부시쌈지를 건네주는 것을 보았을 수 있다. 좀 정확하게 표현해 주면 좋았겠지만 그래도 안 봤다는 말은 안 나오니까 볼 수도 있지 않았을까?

그리고 어쩌면 주인 아들에게도 질투의 감정이 있었는지도 모른다. 삼룡이를 질투하는 마음.

지호 표현하지 않았을 뿐이다. 읽다 보면 여러 상황상 주인 아들이 알 수밖에 없지 않나? 만드는 것을 보았을 수도 있고, 준 것을 보았을 수도 있다. 작가가 그러한 상황이 드러나는 장면을 제시해 주었더라면 좋았을 텐데 아쉽다.

참고 문헌

도서

나도향, 《벙어리 삼룡이》, 맑은소리, 2008.

역사신문편찬위원회, 《역사신문 6》, 사계절, 1997.

한국역사연구회, 《조선시대 사람들은 어떻게 살았을까 2》, 청년사, 2005.

《한국민족문화대백과사전》, 한국정신문화연구원, 1991.

논문

김교선, 〈관념소설로서의 '벙어리 삼룡이'〉, 1982.

김양호, 〈1920년대 소설에 나타난 불의 상징 해석〉, 단국대, 1984.

나미숙, 〈나도향 작품 연구〉, 1979.

박상민, 〈나도향 소설 연구〉, 연세대, 1998.

박상민, 〈나도향 소설에 나타난 요부형 여인의 의미〉, 2003.

송준호, 〈'불'의 원형적 모티브 : '불'과 '벙어리 삼룡이'를 중심으로〉, 1991.

송하춘, 〈근대 초기 소설의 가정교사와 연애 풍속〉, 2005.

윤정화, 〈나도향 소설의 시공간 연구〉, 이화여대, 1993.

홍태식, 〈도향의 기법 연구 : 작품 '물레방아'와 '벙어리 삼룡이'를 중심으로〉, 1971.

홍태식, 〈한국 근대 단편소설의 인물 연구 : 인물의 성격지표를 중심으로〉, 명지대, 1988.

선생님과 함께 읽는 **벙어리 삼룡이**

1판 1쇄 발행일 2012년 10월 8일
1판 5쇄 발행일 2022년 9월 26일

지은이 전국국어교사모임

발행인 김학원
발행처 (주)휴머니스트출판그룹
출판등록 제313-2007-000007호(2007년 1월 5일)
주소 (03991) 서울시 마포구 동교로23길 76(연남동)
전화 02-335-4422 **팩스** 02-334-3427
저자·독자 서비스 humanist@humanistbooks.com
홈페이지 www.humanistbooks.com
유튜브 youtube.com/user/humanistma **포스트** post.naver.com/hmcv
페이스북 facebook.com/hmcv2001 **인스타그램** @humanist_insta

편집책임 문성환 **편집** 윤무재 **디자인** 김태형 반짝반짝 **일러스트** 조원희
용지 화인페이퍼 **인쇄** 청아디앤피 **제본** 민성사

ⓒ 전국국어교사모임, 2012

ISBN 978-89-5862-544-5 44810